シーラ
フレドリク
ルドルフ
リズベット

オスカル
マーヤ
ヴィルヘルム
アンネ

「リズベット様、その刺繍のデザインは何ですか？」
？
「ふふ、内緒です」
出来上がったハンカチに指差すシーラさんに、私は少し彼女の真似をして、ちろ、と舌を出して悪戯《いたずら》っぽく微笑《ほほえ》んだ。

ただの村人の僕が、三百年前の暴君皇子に転生してしまいました

～前世の知識で暗殺フラグを回避して、穏やかに生き残ります！～

2

サンボン　illustration 夕子

序章　帝立学園へ

「ルドルフ殿下、早く召し上がってください！」

「うぐう……」

朝食……いや、ニンジンを前にして唸《うな》る僕に、マーヤから容赦ない催促が入る。

いい加減、そろそろ僕にニンジンを食べさせることは、諦めてほしいんだけど。

「ルディ様、マーヤの言うとおりです。しっかり食べませんと」

「リズまで……」

どうやら僕に味方はいないらしい……なんて、もちろん冗談だけどね。

ただの村人だった僕は三百年前の暴君皇子《おうじ》と呼ばれたルドルフ＝フェルスト＝バルディックに転生したのだが、婚約者であるリズベット＝ファールクランツ……リズに暗殺される運命から逃れるため、彼女と婚約をしないということを選択した。

だけどそんな思惑は水泡に帰した。暗殺されるどころか実は僕こそがリズの幼い頃からの想い人だったのだ。史実……『ヴィルヘルム戦記』にあった過去の英雄、ヴィルヘルム＝フォン＝スヴァリエによって思い出が捏造《ねつぞう》されていたなんて思いもよらなかった。

とにかく、そのせいで僕は危うく最高の婚約者を自ら手放す羽目になりかけたのだから、本当に危ないところだった。

まあ、今ではリズとの決闘を経てお互いの想いが通じ合えて、リズの侍女で凄腕《すごうで》諜報《ちょうほう》員のマーヤとも知り合えたし、リズの父であり〝黒曜の戦鬼〟の異名を持つ帝国の武の象徴ファールクランツ侯爵という大切な家族かつ強力な後ろ盾も得た。

僕はこれからもこの大好きな婚約者を大切にし、嘘《うそ》で塗り固められた『ヴィルヘルム戦記』を打ち壊すためにヴィルヘルムと戦うことを決めたんだ。

……ただし、今だけはその大切な婚約者も、家族同然の侍女も僕の敵だ。考えようによっては、ヴィルヘルム以上の、ね。

「ルディ様」

「ルドルフ殿下」

「う、うぐう……」

ずい、と身を乗り出し、詰め寄る二人。どうやらなんとしてでも僕にニンジンを食べさせないと気が済まないみたいだ。どうしよう。

この人生最大のピンチを乗り越えるため、僕が必死で悪知恵を巡らせていると。

「む、無理して食べなくてもよろしいのでは……」

この三百年前の世界には、救いの女神はいたようだ……って、え？　一体何者なのかって？

少しおどおどした、引っ込み思案の彼女の名前は〝アンネ＝オールソン〟。僕達の専属侍女として、一か月前から働いてもらっている。

もちろん、マーヤと同じファールクランツ侯爵子飼いの諜報員だけどね。

というのも、帝立学園ではお世話要員として従者を一人連れていくことができるんだけど、僕とリズの二人をマーヤだけで面倒を見てもらうわけにはいかないからだ。

何より、学園寮は男子寮と女子寮に分かれているから、マーヤがそこを行き来するのはものすごく不便だ。

ただ。

「アンネ。何度も言いますが、ルドルフ殿下を甘やかしてはいけません。殿下は隙《すき》さえあれば、平気でニンジンを粗末にするような酷《ひど》い御方なのですから」

「は、はあ……」

「まあ、学園でもこの私がお世話いたしますので、そのようなことは絶対にさせませんが」

そうなのだ。結局、マーヤが僕の世話をしてくれることには変わりなく、アンネはリズを担当することになっている。

僕としては長い間仕えていた彼女がリズが担当するほうがいいんじゃないかって提案したんだけど。

『アンネでは、殿下の手綱をしっかりと握ることはできませんから』

マーヤのその一言で、こうなってしまったのだ。

これにはリズも完全同意らしく、僕に選択の余地はなかった。

いや、もちろん僕としても本当の意味で初めて仕えてくれたのがマーヤだし嬉《うれ》しくはあるんだけど、つまりは一切信用されていないっていうことで、なかなか切ないものがある。

「ほら、このままでは入学式に遅刻してしまいます」

「ルディ様、頑張ってください」

「嫌だ……嫌だよお……っ」

リズとマーヤの厳しい視線を受けながら、僕は涙ながらにニンジンを口の中へ押し込んだ。


「ふう……どうやら間に合いそうですね」

帝立学園に向かう馬車の中、ジト目で僕を睨《にら》みながらマーヤが盛大に息を吐いた。

悪いのは全てニンジンなので、恨むなら橙《だいだい》色の悪魔を呪うがいい。

「それにしても、これからは寮生活ということでルディ様とご一緒する機会が減ってしまうのは、私としてはいただけませんね。ええ、それはもう」

「それは仕方ないですよ。選択授業などはできる限りリズと同じものを選ぼうと思いますが、寮に戻れば完全に分けられてしまいますので……」

「認められません、許せません、受け入れられません」

「ええー……」

これ以上なく憤りを見せるリズに、僕はどうしていいか分からずなんとも残念な声を漏らしてしまった。

学園生活についてはそういう決まりなので仕方ないんだけど、結局リズは入学当日になっても納得できなかったようだ。何かしでかすんじゃないかと、ちょっと心配になってくる。

「しょ、食事は食堂で一緒にできますし、消灯時間までは共用の広間で過ごせば、天蝎宮《てんかつきゅう》にいる時のような生活はできるんじゃないでしょうか」

なので僕にできることは、せいぜいこうやって慰めることくらいしかない。というか、そうじゃないと絶対にリズが暴走すると思うし。

「むう……ルディ様は、いつも冷静ですね。私と離れることになって、寂しくはないのですか？」

「も、もちろん寂しいに決まっていますよ」

「……本当ですか？」

「ほ、本当です！」

なおもジト目でこちらを見るリズ。三か月前のあの決闘以降、ちょっと病み気味に暴走することに加え、僕にも時折厳しい要求を突きつけるようになってきたんだよね。

どうやらリズは、僕を束縛するだけでは飽き足らず、僕にも束縛してほしいようだ。いや、望むところだけど。

「ハイハイ。リズベット様もこれで気が済みましたね？」

「……マーヤ、学園に到着するまでまだ時間があります。もう少しくらいルディ様に甘えさせてくれてもいいじゃないですか」

「見ているこちらの身にもなってください。特にアンネなんて、ファールクランツ家とは違うリズベット様のそのお姿に大いに幻滅しておりますよ」

「っ!?　わわ、私はそんなことありませんから！」

アンネがとばっちりを受け、慌てて否定する。

マーヤも後輩をダシにするような真似、どうかと思うよ？

「あ、あはは……それよりこの様子だと、学園に到着するまでさらに時間がかかりそうですよ」

話を切り替えるため、僕は馬車の先を指差した。

僕達と同じように帝立学園に入学する子息令嬢達を乗せた馬車が、長蛇の列をなしている。

なお、本来なら皇子である僕は特別待遇で列を抜かすこともできるんだけど、あえてそれをしようとは思わない。もう僕は暴君皇子ではないので、偉ぶったりせずにちゃんと立場を弁《わきま》えているのだ。

「リズ、せっかくですから僕達は馬車を降り、ここから歩いていきませんか？」

このままだと当分時間がかかりそうだし、ここから帝立学園まで歩いて五分程度。それにこんなに天気もいいんだ。二人で歩くのも楽しいよね。

「それは素晴らしいご提案です。ぜひそうしましょう。……入学前に、他の令嬢達に見せつけておく意味でも」

最後、ちょっと不穏なことを言ったような気がするけど、聞かなかったことにしよう。

「じゃあマーヤ、アンネ、僕達は歩いて先に行くから後で合流しようね」

「お待ちください。私もご一緒……って!?」

「ルディ様、早くまいりましょう！」

マーヤの制止を聞かず、リズは僕の手を引っ張って馬車を飛び出した。

「ふふ……ルディ様、これで二人きりですね」

「そ、そうですね」

それにしても、本当にリズは強引になったなあ。欲望に忠実になったというか、何というか。二人だけになってご機嫌そうだから何よりだけど。

僕は咲き誇るような笑顔を見せるリズの手を取り、行列によって立ち往生している馬車の横を悠々と歩いた……んだけど。

「………………………」

……行列にいる馬車の中から、忌々《いまいま》しげにこちらを睨むヴィルヘルムと目が合ってしまった。

というか、どうして僕達より二つ年上のコイツが、新入生達の馬車と一緒に並んでいるんだよ。

ちゃんと寮生活を満喫しろよ。

「……そういえば、マーヤが言っておりましたね。スヴァリエ公爵家の長男のパトリックが突然の病で亡くなり、ヴィルヘルムが正式に後継者になったと」

「え、ええ……」

「ひょっとしたらその関係で実家に戻っていて、新学期に合わせて登校したのでは」

「ああ、なるほど」

リズの言葉に、僕はぽん、と手のひらを叩《たた》いた。

入学の日の朝からヴィルヘルムの顔を拝む羽目になったのはついてないけど、そういうことならこんな偶然があっても仕方ないか。

「いずれにせよ、せっかくのルディ様とのお散歩が、あの屑《くず》によって台無しになってしまったのは事実ですが」

リズも負けじとヴィルヘルムを睨み返しつつ、辛辣《しんらつ》な言葉を呟《つぶや》く。

なので。

「あ……」

「リズ、あなたが見るべきはヴィルヘルムではなく、この僕です。なので、学園に着くまで僕だけを見てください」

　はっきり言ってリズの視界にアイツが入っていることすら気に入らないので、僕はリズの視線をアイツから遮るように前に立ち、微笑《ほほえ》みながら告げた。

　よくよく考えると、僕もリズに負けず劣らず独占欲が強いのかもしれない。

　というか『ヴィルヘルム戦記』では僕達の思い出を偽ってリズとヴィルヘルムが結ばれてしまったから、余計にあの男が許せないというのもあるんだけど。

「そうでしたね。せっかくルディ様と一緒に歩いているというのに、あのような羽虫を気にするなど、時間の無駄です」

　リズは頬《ほお》を緩め、僕だけを見る。

　どうだヴィルヘルム。リズは僕だけが好きなんだから、オマエが入ってくる余地はどこにもないんだぞ。

　だからいい加減、僕達に関わるのはやめような。それに男の嫉妬はみっともないぞ。

「さあ、まいりましょう」

「はい！」

　ヴィルヘルムのねめつけるような視線を背中に感じつつも、僕達はそれを無視して先に進み、帝立学園の門をくぐった。

第一章　舞台から降りた第三皇子

「あーあ、殿下とリズベット様のために骨身を削ってお仕えしている優秀で健気《けなげ》な部下を、こんなにも蔑《ないがし》ろにするとは思いませんでした」

僕達から遅れて帝立学園に到着するなり、マーヤはこれでもかと盛大に嫌味《いやみ》を言ってくる。

これくらいは予想の範疇《はんちゅう》とはいえ、非常に面倒くさい。

僕達だって婚約者同士二人きりになりたい時だって多々あるんだから、それくらいは大目に見てほしいなあ。

「大体マーヤだって私達が仲睦《なかむつ》まじくしていると、何かにつけて文句を言ってくるじゃない。でしたら、たまにはこうやって別行動をしてもいいと思うのだけど？」

「それとこれとは話が別です。今日はお二人の記念すべき入学の日。最もお傍《そば》でお仕えする私がいなくて、どうするのですか」

「うぐ……」

「そ、それはまあ……」

マーヤにそんなことを言われ、僕とリズは口ごもってしまう。

いや、決して蔑ろにしているつもりはないので、今回はどうかご容赦願いたい。

「そうですよね！　なら、もうこのようなことはなさらないように。それに……ここは天蝎宮《てんかつきゅう》ではないのですよ」

「「っ!?」」

普段とは違う、諜報《ちょうほう》員としての顔を覗《のぞ》かせたマーヤに、僕達は息を呑《の》む。確かに彼女の言うとおり、僕は少し浮かれてしまっていたようだ。

皇宮の外に出た以上、これまで以上に警戒をしなければいけなかったのに。

特に帝立学園にはヴィルヘルムのほか、一学年上にはロビンが、最高学年にはオスカルがいる。

それを考えれば、取るべき行動は自《おの》ずと決まっていたはずなのに。

「……お分かりいただけたようで何よりです。いずれにいたしましても、授業中以外は常に私やアンネと行動を共にするように心がけてください」

「「はい……」」

僕とリズベットは、肩を落としながら素直に頷《うなず》いた。

「では、入学式の会場へまいりましょう。お任せください。本日執務のために出席できないお館《やかた》様に代わりまして、このマーヤ＝ブラントがバッチリお二人の凛々《りり》しいお姿をこの目に焼きつけておきます」

「わ、私もマーヤ先輩と同じく、殿下とリズベット様のお姿を心に刻みつけます……っ」

少しふざけるマーヤとは対照的に、どこか思いつめた表情でそう告げるアンネ。そんな彼女に、僕は妙なプレッシャーを感じてしまった。いや、重いよ。

「ま、まあいいや……リズ、行きましょう」

「は、はい」

気を取り直し、リズの手を取って入学式の会場となる講堂へと向かう。

その途中。

「入学おめでとう、ルドルフ」

「……オスカル兄上」

僕達の前に現れたのは、爽やかな笑顔を見せる第二皇子のオスカルだった。

同じ学園の生徒なのだからこうして遭遇することは想定していたものの、初日から僕を待ち構えているってちょっと面倒だなあ……。

「どうかなさいましたか？　僕達は入学式がありますので、急いでいるのですが」

「それを言うなら僕も同じだ。一応、これでも帝立学園の最高学年で、最も身分が高いからね」

「ああ……そういうことですか」

帝立学園では、入学式で新入生への歓迎の挨拶を最高学年の生徒が行うことになっている。

フレドリクが先月をもって卒業した以上、身分も学年も最も高いのは必然的にオスカルだからね。

「でしたら、それこそ僕達に構っている暇などないのでは？　学園の教師達や従者も、兄上をお捜しだと思うのですが」

「まあまあ、そう邪険にしなくてもいいじゃないか。せっかく弟が入学したのだし」

実を言うと、新年のパーティー以降、オスカルから執拗《しつよう》に派閥への誘いを受けている。

〝穢《けが》れた豚〟の僕に一体何を期待しているのか知らないけど、全力でお断りいたしますので、もう絡んでこないでください。

「それより、ルドルフに話があるんだよ。いつもの派閥への勧誘とは別で」

「話……ですか？」

なんだろう。嫌な予感しかしない。

「お前も知ってのとおり、帝立学園で最も身分が高いのは皇族である僕とロビン、それにお前だ。当然、この帝立学園においても他の生徒達の模範とならなければいけない」

その言葉、僕ではなくロビンに言ってやってくださいよ。

「なので帝立学園に在学する皇族は、すべからく生徒会に入ってもらうことになっている」

「へ……？」

オスカルの言葉に、僕は思わず呆《ほう》けた声を漏らす。

いやだって、話の流れ的にオスカルの用件が僕に生徒会へ入るよう勧誘しにきたというのは分かるけど、それ以上に……ロビンはどうなの？　アイツが生徒会の一員だなんて、『ヴィルヘルム戦記』でもマーヤの報告でも聞いたことがないんだけど。

「……ああ、言いたいことは分かるよ。だが考えてみてほしい。果たしてロビンは、他の生徒の模範となるに相応《ふさわ》しいかどうかを」

「ああー……」

いや、無理。絶対に無理。

普段の自己中心的で横柄な態度もさることながら、弟の婚約者であるリズに横恋慕し、あまつさえ当時まだ十四歳だった彼女に夜這《よば》いしようとしたくらい非常識だし。

「だろう？　さすがに僕だって、生徒会のメンバーはちゃんと選びたい」

「ですよね」

これには完全同意しかない。僕は全力で首肯する。

「それに前任の生徒会長だったフレドリク兄上ですら、ロビンを生徒会の末席に加えることはなかった。皇位継承争いのライバルである僕をも副会長に据えたというのに」

「うわあ……」

第一皇子でありロビンと同じく第一皇妃アリシアの息子であるフレドリクまでもが、実の弟を見限ったのか……。

徹底的な合理主義者であるフレドリクらしいといえばらしいけど、だんだんロビンが不憫《ふびん》に思えてきた。

「おっと、長々と話をしてしまった。とにかくそういうことだから、今週中には一度生徒会を訪ねてくれ。歓迎するからさ」

「あ、ちょっ!?」

手を軽く上げて颯爽《さっそう》と去っていくオスカル。

僕は引き留めようと伸ばした手のやり場に困り、しばらく固まってしまった。

「ルディ様、どうなさいますか……?」

「あ、あはは……どうしよう……」

心配そうに顔を覗き込むリズに、僕は乾いた笑みを浮かべた。

「リズ、どうぞこちらへ」

オスカルと別れ、入学式の会場となる講堂へとやって来た僕達は、新入生の席へと座る。

形式上は帝立学園内では身分の差は関係なく平等となっているので、皇族専用の特等席なんてものはない。

そのせいで。

「「「「…………………………」」」」

あははー……同じく新入生となる子息令嬢達が、遠巻きに僕達を見ているよ。

しかも、わざわざ僕達から離れた席に移動して。図らずも特等席になってしまった。

まあ、僕も婚外子の第四皇子である上に、三百年前のこの世界に転生するきっかけとなった毒殺未遂事件以前の悪評もあるから、みんなのこの反応も当然といえば当然なんだけど。

とはいえ。

「「「「ヒッ!?」」」」

離れている子息令嬢達が、身体を強張《こわば》らせて悲鳴を上げた。

原因はもちろん、隣のリズだ。

この一年で美しさにますます磨きがかかっただけでなく、その威圧感も半端なくなってしまった。

それはもう、隣にいる僕の存在が空気になってしまうほどに。

今のリズの絶対零度の視線を受けたら、ファールクランツ侯爵はおろか、アリシア皇妃ですらたじろいでしまうと思う。きっと。絶対。

でも。

「リズ」

「ルディ様、ですが……」

彼女の手を握りしめ、子息令嬢達への威嚇をやめるように促すが、リズは納得がいかないようで口を尖《とが》らせた。

「僕は気にしていないし、これまでの評判だって学園生活の中で変えていけばいいんです。それよりも、僕のために君が他の者達から不当な評価を受けることになるほうが、僕自身を許せません」

「……………………」

「だからあの者達のことは気にせず、僕だけを見ていてくれませんか？　それだけで僕はすぐに幸せになり、嬉《うれ》しくなってしまうんですから」

僕はリズに、ニコリ、と微笑《ほほえ》んでみせる。

この一年で成長したのはリズだけではないのだ。氷の令嬢の扱いならこの僕に任せてくれたまえ。

「もう……結局、ルディ様の思う壺ですね」

そう言うと、リズも笑ってくれた。

「それに、入学式ではルディ様の新入生代表のご挨拶もあります。それを前にして、婚約者であるこの私が場を興ざめさせるわけにはまいりませんから」

「っ!?」

リズのその一言で、僕は思い出したくもないことを思い出してしまった。

そう……僕は第四皇子ということもあり、畏《おそ》れ多くも新入生代表の挨拶をするという大役を授かってしまったのだ。

そのことをマーヤから面白おかしく知らされた時は、どれほど頭を抱えたことか。

いやだって、前世の僕はどこにでもいるただの村人で、ちっぽけな村の中ですら空気のような存在だったんだ。そんな表舞台に立つような経験は皆無なんだよ。本番では棒立ちになること必至。

「ただ惜しむらくは、ルディ様の雄姿を留めておくことができないということだけ……」

「ご安心ください。このマーヤ＝ブラント、既に画家を手配しております。ルディ様の雄姿は、未来永劫《えいごう》この国で輝き続けることでしょう」

侍女達が控える席にいるはずのマーヤがいきなり僕達の後ろに現れ、そんなことを宣《のたま》った。おのれマーヤ、やってくれたな。

「ふふ……さすがはマーヤ、素晴らしいですね」

「お褒めにあずかり、恐縮です」

アクアマリンの瞳を輝かせてクスリ、と微笑むリズに、マーヤはスカートの裾をつまみ、優雅にカーテシーをした。

僕？　僕はもう色々と諦めたよ。

「……以上をもちまして、入学式を終了いたします」

無駄に長かった入学式がようやく終わり、僕達新入生は移動を始める。

新入生の挨拶？　聞かないでくれるかな。

「ルディ様のお姿……最高でした……」

「そ、それはなにより……」

恍惚《こうこつ》の表情を浮かべるリズを見て、僕は肩を落とす。

最愛の婚約者に褒めちぎってもらえて嬉しいけど、その対比というか、挨拶をした時の生徒達の冷ややかな視線が思いきり僕の胸を抉《えぐ》ってきて、帰りたくなったのは内緒だ。

で、この後はそれぞれ振り分けられた教室への移動となるけど……まあ、いくら第四皇子とはいえ、皇族の僕はＡクラスだろうなあ。

ちなみに、帝立学園のクラス分けにあたり最も優先されるのは、能力ではなく身分だ。

皇族をはじめ、公爵家から伯爵家までがＡクラス、それよりも下の身分の者はＢクラスに分けられる。

一部の者からは『共に学ぶのだから実力主義であるべき』『身分に囚《とら》われるべきではない』などという意見もあるが、当事者である生徒の身になって考えてほしい。

いくら『学園内において身分は関係ない』と声高に言ったところで、実際に上の身分の者に対して無礼を働いたら実家を含め処罰されるわけだし、むしろどう接していいか分からなくなってしまう。

身分に関係ないクラス分けなど百害あって一利なしなのだ。

そういうことなので、僕とリズのクラスは想定どおりのＡクラスだった……んだけど。

「私のルディ様に対するあの視線……今すぐ排除いたしましょう」

「うん、ちょっと落ち着きましょうか」

新入生挨拶の時と同じように僕に冷ややかな視線を向ける生徒達に対し、リズがこれでもかと殺気を放つ。

おかげで多くの生徒達の顔が真っ青になり、中には具合が悪くなって教室を出る者も。

そんな中。

「この男が、あの第四皇子か」

「そうらしいですよ」

僕達の後ろから、男達の失礼な会話が聞こえた。リズの殺気は後ろには届かなかったみたい。

「あなた方、いい度胸ですね」

「「っ!?」」

男達……僕達と同じクラスとなる生徒は、リズの絶対零度の視線と恐ろしく低い声を聞き、顔を引きつらせて一歩後ずさった。まあ、そうなるよね。

「君達、僕に何か用かな？」

リズとは対照的に、僕はあえて友好の意を示すかのように爽やかな声で尋ねた。彼等にはこの僕がそれはもう人懐《ひとなつ》っこく見えるに違いない。

こんな失礼な連中に、どうしてそんな態度で接するのかって？　初対面の相手には油断してもらったほうがやりやすいからだよ。

「ル、ルドルフ殿下は、現在の皇宮内の混乱をどうお考えなのか！」

「そ、そうです！　あなたが妙な真似をされたことで、仕える俺達は苦労しているんですよ！」

ほら、すぐに調子に乗って、こんなことを声高に言い出したよ。

どうやら現在の皇位継承争いが、僕の介入によって予想外の方向に動き出したことに、物申したいみたいだな。

「へえ……ところで君達、どこの家の者かな？」

「私はノルダール伯爵家の次男、〝エドガー〟です！」

「お、俺はウルマン侯爵家の長男の〝ロニー〟です！」

なるほど……代々騎士団長を輩出しているノルダール伯爵家に、南に広大な穀倉地帯を有しているウルマン侯爵家か。

ウルマン家は最初からオスカル派だったと記憶しているけど、ノルダール家は元々フレドリクについていたはず。

それが一緒になって抗議をしに来たということは、オスカルに鞍替《くらが》えしたのかな？　したんだろうな。

ただ。

「それを僕に言って、どうするつもりなんだ？　そもそもどの皇子に肩入れするかは実家の意向であって、帝立学園のしがない一生徒にすぎない君達が、僕にとやかく言う筋合いはないと思うけど」

「っ！　何を言っているのですか！　私達もいずれこのバルディック帝国で重責を担う存在になるのですよ！」

「そうだ！　ルドルフ殿下は、俺達を蔑ろにしようというのか！」

ええー……なんで僕が咎《とが》められているの？

言っておくけど、諫言《かんげん》する資格があるのは同じ派閥の人間だけだよ。せめてフレドリク派になってから出直してほしい。

「とにかく、君達が僕に対して物申したいのは、この僕がフレドリク兄上と手を結んだことが気に入らない、そういうことでいいのかな？」

「「…………………」」

正面から尋ねると、二人は露骨に目を逸《そ》らした。

まともに文句も言えないくせに、絡んでこないでほしいなあ。

とはいえ、僕とフレドリクが手を結んだことで、こんな子息連中にまで少なからず影響が出ているんだから、マーヤによる情報の流布による効果はなかなかのものだ。

おそらくこの二人の実家もかなり混乱していて、オスカルに鞍替えした騎士団長のノルダール伯爵も、今頃それでよかったのか自問自答していたりして。

「何も言わないのなら、どこかに行ってくれると助かるんだけど」

「…………………失礼します」

「……チッ」

エドガーは形だけ一礼し、ロニーに至っては舌打ちをしてこの場から離れた。

あの二人、結局何だったんだよ……。

「……私とルディ様の二人だけの貴重な時間を邪魔したのです。この学園にいる間、ただで済むとは思わないことです」

二人の背中に射殺すような視線を向けながら、リズが何か呟《つぶや》いているんですけど。

これからの三年間、あの二人にどんな未来が待ち受けるのかと思うと……まあ、頑張れ。

肩を竦《すく》めた僕は、前へ向きなおろうとして。

「あれは……」

僕の視界に、教室の外であの二人と会話するヴィルヘルムの姿を捉えた。

ひょっとしたらあの二人が僕のところに来たのも、全てはヴィルヘルムの差し金なのかもしれない。

同じ派閥のフレドリクは言わずもがな、オスカルだって僕を派閥に引き込もうとしているんだ。

その二人が僕に対してわざわざ自分の不利になるようなことをさせるわけがないからね。

……寮に戻ったら、ヴィルヘルムの監視担当であるアンネに伝えておくとしよう。

「ルディ様、どうかなさいましたか？」

おっといけない、リズが心配そうに僕を見ているぞ。

「いえ、何でもありません」

「そうですか……」

僕は気を取り直し、しばらくのあいだ談笑した。


「今日から三年間、君達の担任となる〝ボリス＝アルメアン〟だ。よろしく頼む」

そう自己紹介をするのは、この帝国では珍しい褐色の肌を持つ僕達の担任教師だ。

たしか、彼の実家のアルメアン伯爵家は、西方諸国の最南端よりもさらに南の国をルーツに持っているんだったっけ。今度マーヤに確認しておこう。

「では、せっかくだから一人ずつ自己紹介をしてもらおう。窓際の先頭から頼む」

「はい！　僕は……」

子息令嬢達が、順番に自己紹介を始める。

名前と実家、それに趣味や得意分野などの簡単な自己アピールを交えて。

だけど、今さら僕の自己紹介って必要かな。既に新入生挨拶で顔も名前も晒《さら》した後だし、ただでさえ疎まれているのに。

……まあ、名乗る程度に留めてさっさと終わらせよう。

そんなことを考え、自己紹介の様子を眺めていると。

「アンデション辺境伯家の長女、シーラと申します」

聞き覚えのある名前が、僕の耳に飛び込んできた。

ハーフアップにまとめた鮮やかなホワイトブロンドの髪に、輝くエメラルドの瞳。

おっとりとしていて幼さを残すものの、優しそうな顔立ちとぷっくりとした桜色の唇はどこか安心感を覚えさせる。

でも、そうか……彼女が、ロビンの元婚約者か……って!?

突然感じた太ももの激痛に、慌てて隣を見ると。

「むううう……っ」

……リズが大層ご立腹でした。

どうやら僕がシーラに見惚《みと》れていると勘違いしたらしい。

「ち、違いますからね？　彼女を見ていたのは、ロビンの元婚約者だからです」

これ以上勘違いされては困るので、僕はすかさずリズに耳打ちした。というかリズも彼女の名前は知っているはずですよね？

「……本当に、それだけなのですか？」

「本当です！　それ以外に、思うところは何もありません！」

底冷えするようなリズの声に、僕は思わず背筋をピン、と伸ばす。

「ならいいですが……あまり他の令嬢方をご覧になられるのはおやめください」

「も、もちろん！」

怪訝《けげん》そうに見つめるリズに、僕は何度も頷いた。

いやあ、僕の婚約者は嫉妬深くて大変だよ。嬉しいけど。

そうこうしているうちに、いよいよ僕の自己紹介の番がやってくる。

「ルディ様、頑張ってください」

「あはは……」

フンス！　と意気込むリズを見て、僕は苦笑いを浮かべながら立ち上がると。

「バルディック帝国第四皇子、ルドルフ＝フェルスト＝バルディックです。どうぞよろしくお願いします」

「「「「…………………」」」」

自分の身分と名前を名乗る程度に留め、僕はすぐに席に座った。

それでもクラスの注目を集めるには十分だったようで、クラスのほぼ全員が今も僕を見ている。

困ったような表情を浮かべる者、苦虫を噛《か》み潰《つぶ》したような顔の者、そして……射殺すような視線を向ける者。

それだけで、子息令嬢達の実家がどの派閥に属しているのかがよく分かる。

そんな中。

「……（ニコリ）」

ただ一人、僕に微笑みかける者がいた。

それは……あのシーラだった。

「ふふ……私だけの婚約者に色目を使うなんて、いい度胸ですね」

お願いだからリズ、ちょっと落ち着いてくれませんかね。

思うところはあるかもしれないけど、さすがに婚約解消の原因となった僕に対し、リズが心配するようなことはないと思いますよ？

なんてことを言いたいけど、それはそれで僕がシーラを庇《かば》うみたいな形になってしまうのでやめておこう。

それこそリズが嫉妬でどうにかなってしまうよ。ちょっとそんな彼女も見てみたいけど。

「ほ、ほら、次はリズの番ですよ」

「はい」

リズは立ち上がり、教室を見回……すことなく、ただ一点……シーラ嬢だけを睨《にら》んだ。やっぱりまだ根に持ってた。

「ファールクランツ侯爵家の長女で、ルドルフ殿下の婚約者のリズベットと申します。どうぞお忘れなきよう、お願いしますね」

そう告げると、リズはクスリ、と嗤《わら》う。

教室に入った時に殺気を放っていたこともあり彼女の表情は恐ろしく見えるようで、子息令嬢達は表情を凍りつかせた。

なのに。

「ええー……」

慄《おのの》く周囲をよそに、氷の視線を一身に浴びているシーラだけが、にこやかな表情を浮かべているんだけど。

こ、これは彼女、かなりの猛者《もさ》なのでは……。

「……本当に、いい度胸ですね」

「リ、リズ、落ち着いてください」

「ご安心ください、ルディ様。私はとても落ち着いておりますよ？　戦いを前に心を乱すなど、ファールクランツの者としてあってはならないことですから」

駄目だ、完全に臨戦態勢じゃないか。

僕がなんとかリズをなだめている間に、全員の自己紹介が終わった。

きょ、今日はこれで終わりのはずだから、さっさとこの教室から退散しよう。

そうじゃないと、リズがシーラに何をしでかすか……って!?

「ルドルフ殿下、リズベット様、お初にお目にかかります。シーラと申します」

わざわざ僕達の席に来て、優雅にカーテシーをするシーラ。どうして自分から、猛獣の檻《おり》に飛び込んでくるかな!?

だ、だけど、シーラが名乗った以上、僕達も無視するわけにはいかない。

「こ、こちらこそ。ルドルフです」

「……リズベットと申しますが、ご用件は？」

おおう……リズが全力で威嚇している。

一歩間違ったら、今にもシーラに飛びかかりそうだ。

「えへへ。実は一度、お二人とお話をしたかったのです。それで、よろしければこれからお茶でもいかがですか？　学園内に、素敵なテラスがあるそうですよ？」

屈託のない笑顔を見せながら、シーラが僕達をお茶に誘ってきた。どう考えても裏があるようにしか思えないよね。

「そ、そのう……シーラ嬢もだと思いますが、僕達はこれから暮らす学生寮の荷ほどきなどが……」

「わあああ！　私の名前、憶《おぼ》えてくださったんですね！」

「っ!?」

体《てい》よく断ろうとしたのに、シーラは僕が彼女の名前を憶えていたことに感動して蕩《とろ》けるような笑顔を見せる。

うわあ……これ、まだ十五歳の男子なら、間違いなく勘違いしてしまうと思う。それくらいあざとい。

「シーラさん、聞こえていらっしゃらないのですか？　ルディ様はお忙しいのです。残念ですが、あなたにお付き合いする時間はないのですよ」

僕の腕をぐい、と引き、リズが僕を隠すように前に立って答える。

「そうですか……では、せっかくですから夕食をご一緒するのはいかがでしょうか！」

落ち込んだ様子を見せたのも束《つか》の間《ま》、シーラは妙案とばかりに、手を叩《たた》いてそんなことを提案してきた。

だけど……。

「何度も申し上げますが……」

「分かりました。では、今夜七時に、学生寮の食堂で待ち合わせをすることにいたしましょう」

「ルディ様!?」

僕はリズの言葉を遮り、勝手に夕食の約束をした。


「リ、リズ……そろそろ許してはくれませんか……？」

「………………」

シーラと夕食の約束をしてから、リズが一切口をきいてくれない……。

いつもなら僕がエスコートをするのに、手さえ触れさせてくれないばかりか、こちらを見てもくれない。

もちろん僕だって、シーラとの夕食を受け入れたのには理由がある。

教室でシーラと会話をした限りでは、どこかおっとりとしていて庇護《ひご》欲をそそられる雰囲気ではあるけれど、僕は彼女に裏の顔があるんじゃないかと感じた。

彼女の雰囲気だけを見ると、そういったことには気づかないだろうけど、あいにく僕は婚外子の第四皇子として、生き馬の目を抜く皇宮でずっと蔑《さげす》まれて生きてきたんだ。

だから、少なからず人を見る目はあると思っている。

となると、シーラが僕を誘ってきたのには何か理由があるはず。

最も考えられるのは、婚約を解消したロビンに関することだろう。

そして……もちろんリズだって、そのことは理解している。

「リズ、勝手に決めてしまったことは謝ります。ですが彼女の思惑が何なのか確認しないことには、明日からの学園生活に……君にとってよくないことが起こる可能性だってあります」

そもそも、ロビンはリズに懸想してフレドリクとアリシア皇妃を裏切り、シーラとの婚約を解消したのだ。

なら、リズがシーラに逆恨みをされていてもおかしくはない。

もちろんリズは学園最強と言っても過言ではないほど強いし、彼女の実家であるファールクランツ家だってアンデション家より家格も軍事力も上だ。

でもここは帝立学園でしかない。対立する家の子息令嬢もいるし、学舎にいる時はマーヤ達の助けを借りることもできないんだ。

リズに降りかかる火の粉は、僕が全て払う必要がある。

だから。

「お願いします。彼女の思惑を知るために、どうか協力してください」

僕はリズの前に立ち、深々と頭を下げた。

「……ずるい」

「え……？」

「ルディ様にそのようにお願いされては、私は受け入れるしかないじゃないですか……」

リズが僕の身体をそっと抱き起こす。

少し困りながらも、表情を緩めながら。

「ありがとうございます。やっぱり、僕には君だけです」

「もう……本当にずるい」

そう言うと、リズはそっと僕の手を握って微笑んだ。


「……そういうわけで、マーヤは僕達と一緒にシーラとの夕食に付き合ってくれ。アンネはその間、ヴィルヘルムの監視を」

「「かしこまりました」

学生寮に帰ってくるなり、僕はマーヤとアンネに指示を出した。

「それで、夕食に当たっては個室をご用意しますか？」

「できるの？」

「はい。ここは皇族も通う学園ですので、重要な会食が行われることなどもございます」

どうやらそういうことらしい。

僕からすればこの学園寮で行われる重要な会食って、一体何なの？　って尋ねたいところ。

「分かった。それじゃ、ぜひお願いするよ」

「お任せください。料理も特別メニューでご用意させていただきます」

恭《うやうや》しく一礼するマーヤに、僕は一抹の不安を覚える。

こういう時マーヤは絶対にろくなことをしないことを、僕は経験から分かっていた。

「……言っておくけど、ニンジンのフルコースとかはお断りだからね？」

「い、嫌ですね……私がそんなこと、するはずがないじゃないですか」

マーヤ、そういうのは僕の目を見ながら言ってくれ。

「ルディ様、これで話は終わりましたね？」

「え？　え、ええ……」

顔を覗き込むリズに、僕は曖昧《あいまい》に返事をした。

「でしたら、あの女……シーラとの夕食まで、この私とお手合わせ願います。私はあの女のせいで、非常に不快な思いをいたしましたので」

「あ、あははー……お手柔らかに……」

どうやらリズの怒りは、全然収まっていなかったらしい。

うう……僕が打ちのめされて、訓練場で地面に転がる未来が視《み》えるよ……。

「いてて……」

「ふふ、ありがとうございました」

予想どおり打ちのめされて地面に転がる僕に、リズが右手を差し出した。

僕は彼女の手につかまり、ゆっくりと立ち上がる。

「うーん……僕もまだまだだなあ……」

「そんなことはありませんよ？　今の立ち合いでも、あと半歩遅れていれば地面に倒れていたのは私でしたから」

なんてことを言っているけど、それがお世辞であることに気づかない僕じゃないよ。

僕とリズの実力差は、まだ全然埋まっていない。

「あはは、ありがとうございます」

「むう……本当ですのに」

おどける僕を見て、リズが口を尖らせた。可愛《かわい》い。

「それより、そろそろ汗を流しておかないと夕食に間に合いません。急ぎましょう」

「はい」

僕達はそれぞれの部屋へと戻り、お風呂に入って汗を流す……んだけど。

「マーヤ。今日の夕食の相手はシーラ嬢だから、花はいらないよ」

「何をおっしゃっているんですか。隣にはリズベット様がお座りになるんです。ちゃんとあの御方の好きなジャスミンの香りを身にまといませんと」

うむ……それなら仕方ないか。

僕はマーヤに言われるがまま、されるがまま身支度を整えると。

「さて……じゃあ、行こう」

「はい」

マーヤを伴い、リズベットのいる女子寮の入口へと向かう。

本当は部屋まで迎えに行きたいけど、女子寮は男子禁制なのだ。

すると。

「ルディ様……」

青に白銀の差し色のあるドレスを身にまとうリズが、男子寮の入口で僕を待っていてくれた。

え、待って。ひょっとしてリズ、この格好のまま男子寮の入口で待ってくれていたの？

「っ！　だ、駄目じゃないですか！」

「キャッ!?」

僕はリズの両肩をガシッとつかみ、ずい、と顔を近づける。

「ここは節操のないケダモノのような男連中が暮らすところなんですよ!?　リズのような世界一綺《き》麗《れい》で素敵な女性《ひと》がこんなところにいたら、それこそいやらしい視線で見られてしまいます！」

「あ、あう……」

そうだとも！　男なんて全員、ロビンやヴィルヘルムと一緒だ！

僕のリズを見たら、男連中はそれこそ婚約破棄を迫ってでもリズに言い寄ってくるに決まっている！

「今日は何事もなくてよかったですが、次からは絶対に僕が迎えに行くまで待っていてくださいね！」

「は、はいっ！」

おかしいな……僕はこんなにも怒っているのに、どうしてリズは満面の笑みを浮かべているんだろう。可愛い。

「さすがはルドルフ殿下、リズベット様の喜びポイントを的確に突きますね」

「？」

マーヤがよく分からないことを言うので、僕は首を傾《かし》げた。

ま、まあいいや。それよりも。

「でもリズ……僕を迎えに来てくださったその気持ちは、とても嬉しいです。ありがとうございます」

「はい……ルディ様、大好きです」

ねえ聞いた？　リズが僕のこと大好きだって。

どうしよう、嬉しくて飛び上がりそうなんだけど。

「コホン。早く向かいませんと、シーラ様をお待たせしてしまいますよ」

「「あ……」」

おのれマーヤ、僕とリズの二人だけの空間を邪魔して。

とはいっても彼女の言うとおり、早く行かないとシーラを待たせることになる。

僕はリズの前に跪《ひざまず》き、そっと手を取ると。

「では、まいりましょう」

「はい」

僕達は、シーラとの夕食の場となる部屋へと向かった。


「申し訳ありません。お待たせしてしまいましたか？」

「いいえ！　私も今来たところです！」

部屋へ到着するとシーラは既に来ており、着席していた。

ふむ……彼女はリズとは対照的に、赤色のドレスか。

だけど。

「………………………」

……彼女、本当に十五歳か？

制服を着ていた時にはそれほど目立ってはいなかったけど、ドレスになると、その……色々と成長が著しすぎだと思うんですが。

「……ルディ様」

「っ!?　さ、さあ、どうぞリズ」

底冷えするような声で呼ばれ、我に返った僕は、慌ててリズを席に座らせた。

も、もちろんリズのほうが、スタイル抜群ですから……本当だよ？

「ルドルフ殿下、お酒はいかがなさいますか？」

「僕達はまだ成人になったばかりだし、果実水でいいよ」

「かしこまりました」

マーヤが勧めるけど、僕としては人生で最初に飲むお酒はリズと二人きりがいい。

彼女だって、まだお酒は飲んだことがないはずだし。

だけど……マーヤが心底がっかりしているところを見ると、僕達を酔わせて笑いの種にするつもりだったな？　本当に、うちの専属侍女は……。

「では乾杯しましょう。僕達の入学祝いと、シーラ嬢との出会いに」

「えへへ、乾杯」

「……乾杯」

一人だけ、明らかに不機嫌な声のリズ。

こ、これは社交辞令としての乾杯の挨拶なんだから、しょうがないじゃないか！　……と、声を大にして言いたい。怖いから言わないけど。

「！　美味《おい》しいです！」

オードブルとなる魚のマリネを口に運び、シーラが顔を綻《ほころ》ばせた。

今日の料理はマーヤが手配してくれたからね。ニンジンさえ入っていなければ、美味しいに決まっているとも。

「リズはいかがですか？」

「もちろん、美味しいです」

「それはよかった」

リズが美味しそうに食べる姿を見て、僕は頰《ほお》を緩める。

彼女に喜んでもらえて嬉しい。

「それで……今日、僕達との夕食を希望されたのは、どうしてですか？」

この部屋は個室だし、優秀な諜報員のマーヤもいるので、ここでの会話が誰かに聞かれるようなことはない。

回りくどいことをしても仕方ないので、僕は単刀直入に尋ねた。

「？　もちろんルドルフ殿下とリズベット様と、ご一緒に夕食をしたかったからですが……」

シーラは、キョトン、とした表情でそんな答えを返した。

彼女のおっとりとした雰囲気などもあり、本音かどうか判断に困る……なんてこともなく。

「そうですか。なら、このまま最後まで食事だけを楽しみましょう」

「…………………」

そう告げた瞬間、シーラは口をつぐんで上目遣いで僕をジッと見る。

僕の意地悪に対する、無言の抗議だろう。

「ハア……おかしいですね。普通の殿方は、これで簡単に騙《だま》されてくれるんですが」

シーラは溜息《ためいき》を吐《つ》き、ちろ、と舌を出した。

……何だ、このあざとさは。

その庇護欲をそそる表情といい、男受けしそうな肉付きの良い身体つきといい、男心をくすぐる仕草といい、普通の男なら間違いなく彼女の言いなりになってしまいそう。……これ、教室でも思ったな。

あ、もちろん僕は騙されないよ？

だって、僕にはシーラなんかより何十倍も可愛らしい婚約者がいるから。

それに、僕的にはリズのように普段は表情も変えずクールなのに、僕だけに見せる仕草や表情のギャップこそがたまらないんだよ。

そういうことなので。

「この僕を、他の男連中と一緒にしないでください」

僕はテーブルの下で隣に座るリズの手を握り、はっきりとそう告げた。

もちろんこれは、僕がそんな男じゃないことをリズに改めて知ってもらうためだ。

そのおかげでホラ、ちらっと横目でリズを見ると、緩みそうな口元を必死に堪《こら》えていたよ。可愛い。

「それで、そろそろ本題に入っていただいてもいいですか？」

「やっぱり駄目かあ……仕方ないですね」

ようやく僕を篭絡《ろうらく》することを諦めたシーラが、急に真顔になる。

表の顔がアレだっただけに、本来の……裏の顔には、媚《こ》びる様子が一切なく、リズとはまた違った冷たさを感じた。

「殿下も大方予想はついているかもしれませんが、私がご相談したいのはロビン殿下のことです」

「ああー……」

そんなことだろうと思ったよ。

そもそもロビンの奴がリズに懸想して夜這《よば》いまで働き、挙句の果てに実の母親と兄を裏切ったんだ。

これだけでも皇子としてあるまじき行為なのに、それによって生じた今の状況を喜んでいる始末。

子供には無償の愛を注ぐあのアリシア皇妃ですらも、今回ばかりは匙《さじ》を投げてしまっている。

シーラだって気にしていないように見えるけど、婚約解消になって彼女の経歴に傷がついてしまったんだ。今後のことを考えれば、アンデション家が皇室に対し多額の賠償を求めてもおかしくはない。

「私としましても、最初からロビン殿下との婚約に乗り気ではありませんでしたが、それでもアンデション家のためと割り切っておりました。なのに……あの男は、あろうことかルドルフ殿下の隣に座る女に現《うつつ》を抜かす始末」

「お待ちください。リズは一方的に言い寄られ、むしろ被害者です。その言い方はないのでは？」

「……失礼しました。とにかく、ロビン殿下にアンデション家の名誉を傷つけられたことは事実。皇室に対し、正式に賠償を求めることを検討しております」

リズに鋭い視線を向けるシーラをたしなめると、彼女は納得がいかない様子ながらも話を続ける。

「そこでルドルフ殿下にお願いしたいのは、アンデション家による賠償の求めに際し、手助けをしていただきたいのです」

「手助け……？」

彼女の言葉に、僕は思わず首を傾げる。

そもそもこんなことをしでかしたのはロビンなので、賠償だって徹底的に求めればいいと思っているけど、だからといってそんなの僕の知ったことじゃない。

それでも、彼女が僕を頼るのはなぜだ？

「……ご存じかもしれませんが、僕は婚外子の第四皇子で、皇室において何の力もありません。ご期待に添うのは難しいかと」

「そうでしょうか。リズベット様を婚約者に迎えたことで、ルドルフ殿下はバルディック帝国の名門、ファールクランツ侯爵家の支援を得ています。加えて、第一皇子であらせられるフレドリク殿下とも手を結ばれているとか」

「それは、まあ……」

「ならルドルフ殿下が皇室内において、一定の発言権をお持ちだと考えるのが普通です」

ふむ……言いたいことも理解できるし、言っていることも筋が通っているけど、甘いなあ……。

そんな簡単に僕の影響力が増すんだったら、最初からもっとましな扱いを受けているよ。

「ですが、それでしたら僕なんかに頼むより、アリシア妃殿下に直接物申したほうが早いのでは？妃殿下もこの件に関しては特に心を痛めておられましたから……」

「いいえ、そういうわけにはまいりません。アリシア妃殿下も、ロビン殿下の実の母親なのですから」

あー……確かにアリシア皇妃って、どんなに駄目な息子であっても、結局は甘いからなあ。ベアトリスとは正反対だ。

「その点、ルドルフ殿下であれば同じく被害者ですし、お互いにとって都合がよいかと思うのですが」

シーラが僕の顔を覗き見る。

相手がロビンである以上、母親のアリシア皇妃や兄のフレドリクは当事者側だし、第二皇子のオスカルだって、今はロビンを抱え込んでいる。

となると、残されているのは僕だけ。

そりゃこんな僕でも、頼りたくもなるかあ……。

「……シーラ嬢の目的や依頼の内容については、分かりました」

「では……？」

「お待ちください。話は理解しましたが、だからといって僕が受けるかどうかは別です。何より、これは僕にとってメリットがありません」

シビアな話かもしれないけど、僕がこの話を引き受けなければならないいわれはない。

それどころか、場合によってはアリシア皇妃やフレドリクを敵に回すことにも繋《つな》がりかねないからね。ここは慎重にならせてもらうよ。

「もちろん、ルドルフ殿下にはご納得いただけるだけのものを用意しております」

「？　それは……？」

「はい。私達アンデション家は今後、ルドルフ殿下を支援いたします」

シーラは、その豊満な胸に手を当て、静かに告げた。

エメラルドの瞳に、まるで僕を魅惑するかのような色を湛《たた》えて。

「……僕を支援するということは、帝国内に敵を作ることになりかねませんよ？　それに、シーラ嬢にそれを決める権限はないと思いますが」

「もちろん、ルドルフ殿下を支援することについては母も了承済みです」

そういえば、アンデション辺境伯家は代々女性が当主だったな。

目の前のシーラも母親から才能と交渉術を受け継ぎ、こうして僕の前にいる、ということか。

さて……どうしたものかな。

そもそも僕は皇位継承には興味もないし、辺境で細々《ほそぼそ》と……って、それは以前の希望だったね。

今は、僕の尊敬する人……ファールクランツ侯爵のようになることだ。

そのためにも、皇族から籍を抜いてリズの婿養子を目指さないと。

僕はチラリ、とリズを見る。

すると彼女は僕の視線に気づき、ニコリ、と微笑んだ。どうやらこの件は、僕に全てを任せてくれるみたいだ。

なら。

「せっかくの申し出ですが、僕への支援はお断りいたします。なので、ご用意いただくなら別のものでお願いできますでしょうか」

「っ!?」

僕の答えに、シーラは目を見開いた。

まさかこんな答えが返ってくるとは、思いもよらなかったんだろうね。

でも、他の貴族から支援を受けるということは、そちらに対して配慮しなければならないということ。

ファールクランツ侯爵が後ろにいてくれる以上、余計なしがらみは不要だ。

それに皇族から離れることを目指している僕としても、この血をいいように利用されても困る。

「……なぜですか？　皇宮において味方のいないルドルフ殿下にとっては、破格の条件だったと思いますが」

「簡単ですよ。その条件が、僕にとってありがたいものではなかった、ということです」

僕に探るような視線を向けるシーラに、僕は肩を竦めてみせた。

「とはいえ、このままではシーラ嬢としても引き下がれないでしょう。一か月待ちますので、提示いただいた以外のものをご用意くださいますか？」

「……分かりました」

これ以上は何を言っても無駄だと判断したのだろう。シーラは、眉根を寄せながらも頷いた。

「では、次の話に移りましょう。僕の手助けが必要とのことですが、具体的に何をすればよいのですか？」

「はい。ルドルフ殿下には、皇室との交渉の場に立ち会っていただきたいのです。もちろん、アンデション家側として」

「それは……僕はその場にいるだけでよい、というように聞こえますが……」

「おっしゃるとおりです」

僕の問いかけに、シーラは表情を変えずに淀《よど》みなく答える。

支援の申し出を断られたことで動揺もあっただろうに、なかなかどうして。

だけど、ふむ……話を聞く分には、僕が何かをするわけではないので、特に難しいものでもなさそうだ。

ただ。

「ご存じのとおり、僕はフレドリク兄上と手を結んでおります。おそらく交渉の席にはアリシア妃殿下に加えて当事者であるロビンがいると思いますが、その場合、僕がいることで逆に交渉が不利になるおそれもあると思いますが」

アリシア皇妃としては僕の存在によりやりづらい部分もあるだろうし、ロビンに至っては僕を見た瞬間、絶対に罵《ののし》ってきて交渉の場そのものを滅茶苦茶にしてしまう可能性が高い。

そうなると、交渉どころではないような気がするけど……………………あ。

「まさか……」

「えへへ、そのまさかです」

困惑する僕を見て、シーラがはにかんだ。

どうやらアンデション家は、僕を同席させることで交渉の場そのものを壊してしまうことが目的のようだ。

つまり……最初から交渉するつもりはない、と。

「ルドルフ殿下、それも当然だとは思いませんか？　私に何か落ち度があるわけでもなく、ただ一方的にぞんざいに扱われ、挙句の果てに他人の婚約者に横恋慕して不祥事を繰り返す。それを、ただ受け入れろというのですか？」

「……………………」

にこやかな表情とは裏腹に、瞳に怒りを滲《にじ》ませるシーラ。

そう言われてしまうと、僕は何も言えない。

「だから私は……アンデション家は、ロビン殿下に制裁を受けていただかないと気が済まないのです。私以上の屈辱を味わっていただかないと」

シーラは、ニタア、と口の端を吊《つ》り上げた。

「……失礼であることは承知の上で尋ねますが、シーラ嬢はロビンのことを……？」

「なんとも思ってはおりません。だからこそロビン殿下の分際で、このような真似をしたことが許せないのです」

なるほど……無能なロビンごときに馬鹿にされたのは、我慢ならないということか。

「分かりました」

「……はい？」

「このルドルフ＝フェルスト＝バルディック、シーラ嬢の依頼をお受けしましょう」

キョトン、とするシーラに、僕は微笑みを浮かべながらお辞儀をしてみせた。

「そ、その、それは……」

「申し上げたとおりです。アンデション家がどのようなものをご提示くださるかはともかく、協力させていただきますよ」

まさか最大限の条件を袖にされた後に、こんな返され方をするとは思っていなかったのだろう。

シーラは、目を白黒させている。

「ど、どうしてですか？　殿下は先ほど、協力するかどうかは、こちらの提示する条件によると……」

「気が変わりました。ロビンを排除することが目的なら、僕としても断る理由がありませんので」

リズが婚約者になり皇宮で一目見て以降、ロビンの奴はあろうことか僕のリズを好きになり、勝手なことばかり言ってきたんだ。

リズの気持ちなんか全部無視して、一方的に。

元々、ロビンの奴をどうやって排除しようか考えていたところだし、シーラの依頼は渡りに船だったということだ。

これでアイツを『ヴィルヘルム戦記』から退場させられるのだから、乗らない手はないよね。

「そういうことですので、今後の具体的な打ち合わせなどについては、今日のような会食形式にして定期的に行うことにしましょう」

「は、はい。それは私としても大変助かります」

よし、交渉成立。

アンデション家が僕に提示するものも気になるところだけど、どうでもいいや。

「それより、僕のせいで話を長引かせてしまいましたね。ここからは純粋に夕食を楽しむことにしましょう」

僕は果実水の注がれたグラスを掲げると、満足げに頷いた。

「今日の夕食は、とても楽しかったです！」

食事を終え、表の顔に戻ったシーラがあざとく笑顔を振りまく。

僕には意味がないんだから、別に素のままでよかったのに。

「では、次の夕食会は二週間後ということでいいですか？　アンデション家も皇室とやり取りをする時間も必要でしょうし」

「えへへ……ありがとうございます、ルドルフ殿下！」

「っ!?」

シーラが、突然僕の腕にしがみついただって!?

しかも、このふにゅん、という感触は……っ。

「……シーラさん、今すぐルディ様から離れなさい」

「はーい……」

リズの恐ろしく低い声に、シーラは頬を膨らませ、渋々離れる。

その時。

「……本当は、ロビン殿下があんなことになった原因のリズベット様への意趣返しとして、ルドルフ殿下を奪おうとも考えたんですけどね」

「なっ!?」

「えへへ」
コ、コイツ……。
「では、これで失礼します！」

シーラは睨む僕を無視してカーテシーをすると、部屋を出ていった。

「ルディ様……本当に、お受けになられてもよかったのですか？」

「もちろんです。上手《うま》くすれば、ここでロビンを排除することができますからね」

アクアマリンの瞳で見つめるリズに、僕は笑顔で答える。

「ですが、私はどうにもあのシーラさんが信用できません」

「はい、僕もそう思います」

「なら、どうして……」

「決まっています。ここでロビンに消えてもらいたいからです」

僕は真剣な表情でリズに告げた。

全ては、リズとの平穏な日々のために。

「いずれにせよ、遅かれ早かれロビンについては排除しようと考えていました。今回はたまたま良い機会が訪れたということです」

「それでも、もう少し様子を見てもよかったと思いますが……」

僕の決定を尊重してくれてはいても、リズが納得できるかどうかは別の話だよね。

「正直に言います。僕は今までずっと我慢してきたんです。ロビンが君を見るたびに、手紙を送ってくるたびに、君に強引に話しかけようとするたびに、あの男を斬り刻んでやりたかった」

これは僕の、偽らざる本音。

リズのことを嫉妬深いとか、独占欲が強いとか言っているけど、僕だって彼女に負けちゃいない。

僕はリズの視界に他の男が入るだけで、許せないんだ。

もちろん、男の視界にリズが入ることも許せない。

「ふふ……仕方のない御方ですね」

僕の腕にそっと寄り添い、リズは苦笑する。

でも、僕を見つめるその瞳は、どこか熱を帯びていた。

「そうです。僕はこんなにも我儘《わがまま》で、独占欲が強いんです。ですから、少々やりすぎてしまうことがあっても許してください」

「はい……ですが」

寄り添う僕の腕に、彼女もまた、その細い腕を絡めてきた。

「私だって、独占欲が強くて嫉妬深いんです。だからシーラさんがあなた様の腕に抱きついた時は、槍《やり》で貫いて差し上げようかと思いました」

「あははっ」

ちろ、と舌を出し悪戯《いたずら》っぽい笑みを浮かべるリズに、僕は声を出して笑っ……ってぇ!?

「もちろん、ルディ様も他の女に現を抜かしてはいけませんよ?」

「あ、あははー……」

打って変わって口の端を吊り上げるリズに締め上げられ、僕の腕の骨が悲鳴を上げる。

僕は脂汗を流し、苦笑いを浮かべるのが精一杯だった。

「四九九八……四九九九……五、千……っと」

深夜になり、僕は日課の素振りをした。

リズに勝利したあの日以降、その回数を五千に増やしている。

ファールクランツ侯爵にも少し急ぎすぎじゃないかって言われたけど、愛するリズを僕だけが守り抜きたいんだ。なら、急ぐのも当然だよね。

ただ。

「四九九九……五千」

リズもまた、僕と同じように槍の突きを五千回こなすようになったけど。

「夜風が気持ちいいですね……」

額の汗を拭《ぬぐ》いながら、リズが微笑んだ。

夕食時のようなドレス姿も最高に綺麗だけど、艶《つや》やかな黒髪をポニーテールにまとめた訓練着姿のリズも、最高に素敵だ。

こういう、普通の貴族令嬢なら絶対に見られない彼女の姿に、僕の胸はいとも簡単にときめいてしまうよ。

「ルディ様、せっかくですので手合わせをいたしませんか？」

「ようし！　今日こそはリズに勝ち越してみせるぞ！」

「ふふ！　負けませんよ！」

今でもリズのほうが強いけど、それでも、僕も三回に一回は彼女に勝てるようになってきた。

侯爵は『リズに十回に一回の割合で勝つには三年かかる』って言っていたけど、努力したおかげでここまで強くなったんだ。

それを知った時の侯爵、珍しく眉を動かしていたなあ。普段は滅多に表情を変えないのにね
……って。

「あいたっ!?」

「ルディ様、立ち合いの最中に考え事はいけません。怪我《けが》をしてしまいますよ？」

眉根を寄せるリズに、叱《しか》られてしまった。

確かにせっかくリズと二人きりなんだから、余計なことを考えていたらもったいないよね。

「さあ、もう一回だ！」

「はい！」

気合いを入れ直し、僕とリズは手合わせを再開した。

その時。

「ルドルフ殿下、私達とも手合わせ願えますか？」

現れたのは、教室で絡んできたエドガーとロニーだった。

しかもわざわざ訓練着に着替え、その手に木剣を携えて。

「……今はリズと一緒に訓練中なんだ。悪いけど、別の機会にしてくれないか？」

「逃げるんですか？」

ロニーが、これ見よがしな表情で煽《あお》ってくる。

それがあまりにもお約束すぎて、僕は思わず笑い転げそうになった。

「ルディ様がわざわざお相手する必要はありません。この私が露払《つゆはら》いいたします」

「っ!?」

リズが殺気のこもったアクアマリンの瞳で見据えると、気圧《けお》された二人は息を呑む。

たったこれだけのやり取りで、リズと二人の格付けが済んでしまったよ。

「よ、よもや婚約者に守られるなど、ルドルフ殿下は恥ずかしくないのですか！」

「そ、そうだ！　それがこの帝国の皇子が見せる姿なのか！」

ええー……リズが怖いからって、僕に責任転嫁するのはやめてくれないかな。

というか、僕からすればオマエ達のほうがよっぽど恥ずかしいと思うんだけど。

まあ、でも。

「ハア……いいよ、やろうか」

「っ！　ルディ様、このような者達の相手をする必要などありません！」

僕が溜息を吐いてそう返事すると、リズが詰め寄ってきた。

「君の言うとおりだと思います。ですが僕だって、ここまで言われては黙っていることなどできませんよ。それに」

「それに……？」

「僕だって、リズの前で格好つけたいじゃないですか」

「あう……も、もう……」

リズは僕の言葉を聞いて頬を赤らめる。

その表情を見る限りまんざらでもないようなので、何よりだ。

「フフ……リズベット嬢の前だからと、張り切るのも今のうちですが……よろしいのですね？」

「いや、僕と戦いたいのか戦いたくないのか、どっちなの？」

エドガーの含みのある言い方に、僕は思わず物申してしまった。

自分達から立ち合いを申し込んでおいて、その言い草はないよね。

「……まあいいや。それで、最初に立ち合うのはどっちかな？」

「この俺だ！」

ロニー子息が、無駄に胸を張りながら一歩前に出た。

体格はエドガーより一回り……つまり、一六四センチの僕よりも二回りも大きいことになる。

そんなロニーの身体に合わせたかのように、使用する木剣も両手用のツヴァイハンダーだ。

「じゃあ始めよう。リズ、立ち合いの審判をお願いしてもいいですか？」

「はい。お任せください」

胸に手を当て、リズは恭しく一礼した。可愛い。

「では……はじめ！」

「おおおおおおおおおおおおおおおッッッ！」

リズの開始の合図と同時に、ロニーは木剣を肩に担ぎ、雄叫《おたけ》びを上げて突撃してきた。

声の迫力と勢いがすごい。

といっても。

「がっ!?」

僕はロニーの突進を躱《かわ》し、そのまま大きな背中に木刀を叩きつける。

隙《すき》だらけだし、これじゃ倒してくださいって言っているようなものだよ。

とてもじゃないけど、ファールクランツ侯爵やリズの足元……いや、足の爪の先にも及ばない。

「ク、クソ……ッ!?」

「まだやる気？　だったら僕も容赦しないけど」

起き上がろうとしたロニーの首筋に、剣の切っ先を押し当てた。

少しでも動いたら、そのまま手加減なしに突くつもりで。

いくら木剣とはいえ、そうなれば大怪我を負うのは間違いない。

「ルディ様、それまでです」

リズの一言で、僕は木剣を引いた。

「次はエドガー子息か」

「う……」

僕に睨まれ、エドガーが声を漏らして後ずさる。

そこまで剣術に力を入れる必要のないロニーはともかく、騎士団長の息子であるエドガーがそれじゃ駄目だろ。

皇帝の身に危機が訪れた時、真っ先に身体を張るのが騎士団長の役目なのだから。

これじゃ、僕なら怖くて身を預けられないよ。

「別に、僕としてはこれで終わり……というか、君とは引き分けどころか、僕の負けということでも構わないよ」

「ルディ様!?」

「っ!?　ほ、本当ですか……？」

僕の突然の提案にリズが声を上げ、エドガーは身を乗り出した。

「もちろん無条件というわけにはいかない。どうして僕と立ち合いをしようと考えたのか、その動機について教えてくれないかな」

「あ……う……」

エドガーが、声を詰まらせる。

第四皇子の僕とリズの訓練の最中にいきなり立ち合えだなんて、貴族子息なら普通はそんな失礼なことを言うはずがない。

となると、僕と立ち合いをしたい理由があったってことだ。

考えられるのは、僕を打ち負かして醜聞を広めたい、といったところだろうとは思う。

それも、誰かの差し金によって。

「さあ、このままジッとしていたら、僕のリズが風邪を引いてしまう。早く答えてよ」

「そ、その……ルドルフ殿下が中庭でリズベット嬢と訓練しているので、騎士団長の息子としての腕前を買って、打ち負かしてほしいと……」

「へえ……それ、誰に頼まれたの？」

「う……」

エドガーは顔を逸らし、口ごもった。

その態度から、エドガー達に指示をした者が身分の高い者……つまり、皇族クラスかそれに準ずる身分ということになる。

しかも、この学園にいる誰か。

「言いづらいみたいだから、僕が当ててやろうか？」

「…………………」

「スヴァリエ公爵家の子息、ヴィルヘルムだろう？」

「「っ!?」」

僕の言葉に、エドガーだけでなくロニーも息を呑んだ。

やっぱりね……思ったとおりだ。

「ル、ルディ様、どうしてそのようなことが、お分かりになるのですか？」

「今日、教室でこの二人が絡んできた後、僕は見たんです。二人が廊下で、ヴィルヘルムと話をしていたところを」

「あ……」

そう……僕はあの時から、この二人がヴィルヘルムと繋がっていることは分かっていた。

ヴィルヘルムと二人の接点や関係については、アンネに指示をして調べてもらっているところではあるけれど、それもすぐ分かることだろう。

「とりあえず二人の反応を見て確信したから、もう帰ってもいいよ。もちろん、エドガーが僕に勝利したとヴィルヘルムに報告するといい」

「「…………」」

エドガーとロニーは肩を落とし、無言で中庭から去っていった。

「ルディ様……よろしいのですか？」

「はい。この後、あの二人はヴィルヘルムに報告をするでしょうが、その時の様子はアンネが情報を持ち帰ってくれるでしょうから」

「そういえば、あの男の担当はアンネでしたね。恥ずかしながら、失念しておりました」

「仕方ないですよ。リズにとってあの男は空気以下の存在なのですから」

「あ……ふふ、そうですね」

僕の冗談に、リズがクスリ、と微笑んでくれた。

やっぱり僕の婚約者は、世界一可愛い。

「さあ、あの二人にも言いましたが、このままでは風邪を引いてしまいます。早く寮の中へ戻りましょう」

「はい！」

僕はリズの手を取り、学園寮へと帰った。


「それで……アンネは何と？」

自分の部屋に帰ってお風呂で汗を流した後、僕はマーヤに尋ねた。

基本的にマーヤとアンネは常に情報を共有しているから、マーヤに聞けば全て事足りる。

まあ、アンネはリズのお世話もあるからね。これだけのために、わざわざ呼び出すわけにもいかないし。

「はい。ルドルフ殿下の予想どおり、エドガー子息とロニー子息はヴィルヘルムと接触したようです。会話の内容は……」

マーヤは、ヴィルヘルム達のやり取りについて詳細に説明してくれた。

それによると、どうやらエドガー達は、僕に勝利したことをかなり大袈裟《おおげさ》に報告したらしい。

まあ、実際はロニーが僕に打ち負かされ、エドガーに至っては戦うことすら敬遠してしまったのだから、恥を隠すためにも誇張するのは仕方ないか。

「それよりも、ヴィルヘルムがこんな真似をした動機については分からなかったの？」

「残念ながら、そこまではつかめなかったようです」

「そうか……」

普通に考えれば、恥をかかせることによってリズの僕への想いが冷めるようにするというのが目的だろう。

何せリズはバルディック帝国の武の象徴、ファールクランツ侯爵家の令嬢なのだから。

だけど、本当の目的……というか、僕に恥をかかせるつもりなら、もっと大々的に行うはずだ。

それも、公衆の面前で。

「ひょっとしたら明日は学園中で噂《うわさ》になっているかもしれないね。『ルドルフ皇子が、エドガーとロニーに瞬殺された』って」

「……リズベット様ではありませんが、本当にそれでよろしいのですか？」

「もちろん。そのほうが、僕としてもやりやすい」

ただでさえ地に落ちている僕の評判が、今回の件でさらに落ちる。

そうすると、子息令嬢達はますますつけあがるだろう。

扇動する、ヴィルヘルムの手によって。

「マーヤも知っていると思うけど、帝立学園って入学してしばらくしたら、生徒の実力を測るための試験があるんだよ」

「……なるほど、そういうことですか」

僕の意図を理解したマーヤが、口の端を持ち上げた。

そう……帝立学園では三年間の育成方針を決めるため、子息令嬢に実力試験を行う。

筆記試験と実技試験の二つで、このうち実技試験の内容は、男性は剣術、女性は刺繍《ししゅう》となっている。

しかも、剣術試験については。

「上級生が新入生に胸を貸すことになっている」

「きっとあの屑《くず》は、ルドルフ殿下の相手を希望するでしょうね。曲がりなりにも公爵子息ですし、学園にもそれくらいの融通は効かせてもらえると思いますので」

「そして、公衆の面前で僕を完膚なきまでに叩きのめすまでがセットだろうね」

「……本当に、残念な男ですね」

諜報員としてのマーヤは感情を見せないのに、珍しく顔をしかめて吐き捨てるように言った。

それだけ、あの男のやり口が気に入らないのだろう。

今回のエドガー達の件は、悪評を流すのに加えて僕の実力を測る目的もあったんだと思う。

そのことを考えると、ヴィルヘルムは少なくともあの二人よりは強いということか。

だからといって、リズの足元にも及ばないことは間違いない。

「うふふ……ルドルフ殿下、実力試験が楽しみですね」

「あはは、本当だね」

僕とマーヤは、互いに口の端を吊り上げた。

もちろん、返り討ちに遭って地面に這《は》いつくばる、ヴィルヘルムを想像して。


帝立学園に入学して、一週間が過ぎた。

ようやくここでの生活にも慣れ、子息令嬢達もそれぞれ仲の良いグループのようなものを形成し始める。

この学園でできた繋がりが、将来自分達が家督を継いだり、帝国の要職に就いたりした時などに活きてくる……のだけど。

「ルディ様、ご一緒に食堂にまいりましょう」

「あ、あははー……」

僕はといえば、残念ながら学友といったものができず、相変わらず仲良く会話をするのはリズだけだ。

まあ、元々評判が悪い婚外子の第四皇子ということもあるし、子息令嬢達からも敬遠されているからね。仕方ない。

とはいえ。

「あの方……今、ルディ様を見ておりましたね」

僕に学友ができない理由の半分は、リズが威嚇をしているからというのもあると思う。

これはこれで、リズが僕のことを大切にしてくれている証《あかし》ではあるんだけど。

でも。

「リズは本当にいいのですか？　僕と一緒にいることで、君まで友人を作ることができないじゃないですか」

「上辺《うわべ》だけの友人など、必要ありません。それ以上に、私の友人になることで令嬢方がルディ様に近づくことのほうが耐えられません」

「そ、そう……」

リズがいいなら、いいんだけど……相変わらず愛が重い。

「それより、今日はどれになさいますか？　私は、メインは肉料理がよいと思うのですが……」

食堂に到着するなり、リズがメニューを眺めながら上目遣いで尋ねる。

この質問の意図は、『私は肉料理が食べたいので、魚料理を頼んでほしい』というもの。

つまりリズは、肉料理と魚料理の両方を食べたいってことだ。

なら両方を頼めばいいじゃないかと思うかもしれないが、リズも侯爵家の令嬢。食い意地が張っていると思われたくはない。

だから僕が魚料理を注文することで、お互いにシェアしようという、彼女のお願いなのだ。それでいうと、食い意地が張っていることを婚約者の僕に知られているっていうことなんだけど、いいのかな？

……いや、リズは僕が気づいていないと思っているのか。なら仕方ない。

「でしたら僕は魚料理を頼みますので、あとで交換してもらってもいいですか？」

「！　も、もちろんです！」

ほら、リズはパアア、と満面の笑みを浮かべたよ。

もちろんこういったことは、先に僕が気づいて提案してあげるのがマナーだ。

ということで、僕達は注文を済ませてテラス席に座る。

ありがたいことに僕が嫌われていることもあるけど、リズの威嚇によって子息令嬢達が逃げていくから、席が選び放題なんだよね。いや、ありがたいのか？

「ふふ、やはり魚料理も美味しそうです」

「リズの肉料理も、すごく美味しそうですよ」

なんてやり取りをしながら、僕達が昼食を楽しんでいると。

「隣、いいかな？」

絡んできたのは、ヴィルヘルムだった。

「ルディ様、席を移動しましょう」

「なら、俺もそうしよう」

ええー……僕達についてくる気？　本当に迷惑なんだけど。

「分からないのですか？　あなたと同席に……いえ、あなたが近くにいることが不快なので移動するのです。ついてこられては、意味がないではないですか」

「別に、俺はついていっているわけじゃない。たまたま座りたい場所が被《かぶ》っているだけだ」

「場所だけの問題なら、私達と時間をずらせばいいのでは」

リズがここまではっきりと言っているのに、今日に限ってヴィルヘルムが引き下がらない。

ひょっとして、何か目的があるのか？

「ヴィルヘルム、リズの言葉が理解できないのか？　貴様が視界に入ると食事が不味《まず》くなるから、消えてほしいと言っているんだよ」

「ルディ様のおっしゃるとおりです」

ヴィルヘルムを邪魔するようにリズとの間に立って告げると、リズも相槌を打ってくれた。

僕達のこういうところも気に入らないのか、ヴィルヘルムは顔を歪《ゆが》める。

「……リズベット。君は本気で、ルドルフ殿下の婚約者でいることに満足しているのか？」

「今の言葉、撤回なさい。私はルディ様の婚約者であることに満足しているのではなく、婚約者であることこそが至上の喜びなのです」

リズはヴィルヘルムの問いかけが心底気に入らなかったらしく、即座に言い返した。

「いいかい？　リズベットの実家であるファールクランツ家は、帝国の武の象徴。婚約相手にも、それに相応しい実力が備わっていることは重要じゃないか？」

「……何が言いたい」

「詳しくは明日になれば分かる。だからリズベット……この俺を、よく見ていてくれ」

「お断りします」

そう言うと、ヴィルヘルムはようやく僕達の前から去っていった。

「……せっかくのルディ様との昼食でしたのに、これでは台無しです……」

「リズ。気を取り直して、今から二人きりで楽しめばいいじゃないですか。それに、ヴィルヘルムも珍しく良いことを言いましたよ」

「あの男が、ですか……？」

僕の言葉が気に入らないリズは、眉根を寄せて尋ねる。

「ええ。だってアイツの口振りだと、案の定、明日の実力試験ではヴィルヘルムが僕の相手になるようです。なら、あの男は君の前で無様な姿を晒すことが確定したのですから」

「あ……ふふ、そうでした。ですがあの屑の無様な姿などどうでもよくて、私の瞳にはあなた様しか映りませんが」

リズはクスリ、と微笑み、熱を帯びたアクアマリンの瞳で僕を見つめた。

ということで、いよいよ実力試験の当日。

僕は今、筆記試験の問題を解き終わり、見直しを行っているところだ。

学問に関してはこの世界は僕が前世にいた頃より遅れているということもあり、難しい問題は一つもなかった。

ただ、前世……三百年後の時代の常識はこの時代では非常識だし、逆もまた然《しか》りなので、答えを今の時代に合わせるのがちょっと面倒だったけど。

よし、見直しもしたけど答えは完璧だ。

あとは、終了の合図まで何をしていようかな……。

といっても、途中退室はできないし、ジッとひたすら待つしかないから、できることといえばせいぜい居眠りくらいだけどね。

僕は目を瞑《つむ》り、静かに待つ。

「そこまで！」

ようやく筆記試験終了となり、僕は担任のボリス先生に答案用紙を提出した。

「ルディ様、試験はいかがでしたか？」

「問題は全て解けましたし、見直しもしましたので大丈夫だと思います。リズはどうでしたか？」

「私も全て解けました」

教室を出た僕達は、自信ありげに微笑み合う。

だけどリズのアクアマリンの瞳がやたらと挑戦的に見えるのは、きっと僕には負けたくないと考えているからだろう。彼女、すごく負けず嫌いだから。

「午後はいよいよ実技試験ですが……」

「僕の試合は最後のはずですので、リズの実技試験のほうが先に終了すると思います」

男性の実技試験は剣術の型の審査と、最上級生と新入生による試合で行われる。

マーヤ曰《いわ》く、試合の対戦相手や試合順についてはランダムとなっているが、皇族の試合だけは最後と決まっているそうだ。

人数も人数なので、僕の試合まではかなりの時間があるだろうし、女性の実技試験である刺繍の制限時間は二時間。リズが僕の試合を観戦することは可能だと思う。

「ルディ様の雄姿、この瞳にしかと刻みつけます」

「あはは、ありがとう」

リズが僕の試合を見てくれるのは嬉しいんだけど、僕以上に気合いが入っているなあ。これは今夜の彼女との訓練も厳しいものが予想されるよ。

「そうと決まれば腹ごしらえです！　ルディ様には、たくさん食べていただかないと！」

「わ!?」

笑顔のリズに手を引っ張られ、僕達は食堂へと向かった。


「これより、実技試験を始める。まずは剣の型について、一人ずつ披露してもらうが……」

実技試験を担当する先生……ええと、剣術担当の〝イクセル＝リードホルム〟だっけ。

確か、元は帝国騎士団に所属していたとかなんとか。

そのイクセル先生が、居並ぶ子息達を見回してから説明を始めた。

剣の型については貴族家で流派のようなものがあるらしく、型についてもそれぞれ特徴がある。

このため剣の型の披露における評価基準は、ちゃんと型どおりにできているかではなく、剣の振りの鋭さ、技術といったところを中心に見るそうな。

だけど。

「どうしよう……」

説明を聞き、僕は頭を抱える。

よくよく考えてみたら、剣術の型なんてファールクランツ侯爵に教わったことがないんだけど。

「では、最初は騎士団長の子息であるエドガーに披露してもらう。エドガー、前へ」

「はい！」

僕が悩んでいる間に、トップバッターのエドガーがみんなの前で剣の型を披露する。

さすがは騎士団長を数々輩出しているノルダール伯爵家の子息だけあって、その動きに戸惑いも乱れも感じない。

「エドガー、下がっていいぞ」

「はい」

「次は……」

こうして、次々と子息達が順番に前に出ては、剣の型を披露していった。

一瞬、誰かの真似でもしようかと思ったけど、付け焼き刃でしたところで上手くいくはずがない。

「ハア……やれることをやるしかない、か……」

剣の型を披露し終えたロニーをぼんやり眺め、僕はポツリ、と呟く。

その後も新入生による型の披露は進み、そして。

「では、最後に……ルドルフ殿下、前へ」

「はい」

いよいよ出番となった僕は木剣を携え、イクセル先生の前に出る。

「ルドルフ殿下、お願いします」

イクセル先生の開始の合図により、僕は剣を振るった。

「え……？」

「ひょっとして、これだけ……？」

僕の姿に、子息達は戸惑いの声を上げる。

それもそうだ。だって僕は、基本である上段斬り、胴払い、突きの三動作を延々と繰り返しているだけなのだから。

「で、殿下……その……」

見かねたイクセル先生が、おずおずと声をかけてきた。

だけど僕は、これをやめるつもりはないよ。

これこそ、僕が最も尊敬するファールクランツ侯爵から教わった、大切な剣術の基本だから。

そして。

「そ、そこまでです！」

結局どうしていいか分からず見守っていたイクセル先生は、終了を合図する。

僕は木剣を下ろすと。

「ありがとうございました」

イクセル先生に一礼し、僕は自分のいた場所へと戻った。

すると。

「………………」

試合をするために訓練場にいる最上級生の中に、見知った顔が。

もちろん、オスカルとヴィルヘルムだ。

しかもヴィルヘルム以上にオスカルがジト目で僕を見てるし……って、そういえば落ち着いたら生徒会室に来るようにって言われていたのに、まだ顔を出してなかった。

仕方ないので、今日の放課後にでも生徒会室に行くとしよう。面倒。

それよりも。

「………………」

睨むだけでなく、口の端を持ち上げているヴィルヘルム。

アイツはきっと、エドガー達の報告を聞いて僕の実力を見誤っているはず。だからこそ、あんな表情を浮かべているんだろう。

だから。

「フン」

僕は鼻を鳴らし、ヴィルヘルムに向けて不敵な笑みを見せた。

■リズベット＝ファールクランツ視点

「制限時間は二時間です。では、始めてください」

刺繍《ししゅう》の先生の合図のもと、私達は一斉にハンカチに針を刺しました。

デザインは各自好きなものにしてよいとのことですので、私はあのデザインにしようと思います。昨年のルディ様のお誕生日にプレゼントしたものと同じになってしまいますが、今回はあの時のリベンジ。絶対に綺麗《きれい》に仕上げてみせますとも。

そう張り切ってはみたものの。

「うう……上手《うま》くいきません……」

やはり私には絶望的に刺繍の才能がないようで、昨年と同様……いえ、それ以上に出来が酷《ひど》くなっているのはどういうことでしょうか。

ルディ様はともかく、マーヤがこれを見たらきっと私を責めるに違いありません。

ええ、ええ、そうですとも。刺繍が苦手だからといって、練習を疎《おろそ》かにしてきた私がいけないのです。

「だ、だからといってここでくじけるわけにはいきません！　私は私にできる精一杯の刺繍で、ルディ様に喜んでいただくんです！」

私は気合いを入れ直し、作業に集中します。

すると。

「リズベット様、いかがですか？」

「シーラさん……」

よりによって、シーラさんがわざわざ隣にやって来ました。

一体、どういうおつもりなのでしょうか……。

「リズベット様は、もちろんルドルフ殿下にプレゼントされるおつもりなんですよね？」

「……ええ、まあ」

無邪気に尋ねるシーラさんに、私は曖昧《あいまい》に答えます。

ロビン殿下を貶《おとし》めるということでルディ様と手を結んだシーラさんですが、私は今もこの方を信用しておりません。

何より私のルディ様に、あろうことか色目まで使ったのです。できればルディ様の半径十メートル以内に……いえ、視界にすら入ってほしくはありません。

「いいなあ……私も、ルドルフ殿下のような婚約者がいればいいんですけどね」

そう言って、シーラさんはあざとく舌を出します。

このような仕草は、殿方からすれば非常に魅力的に映ることでしょう。

……残念ながら私には、そのような真似はできそうにありませんが。

ええ、私が愛想もなく武術の鍛錬ばかりしていることで、周囲から〝氷の令嬢〟などと揶揄《やゆ》されていることは存じております。

私自身、可愛《かわい》げのないことも知っておりますとも。

でも、いいのです。

このような私でも、ルディ様は心から愛してくださるのですから。……そうですよね？　そうに決まっています。

それに、私にはルディ様以外の殿方など一切不要。それどころか近づいてほしくすらありません。

なのに……どうして私には、ロビン殿下やヴィルヘルムといった、ろくでもない男ばかりが寄ってたかってくるのでしょうか……。

頭が痛くなり、思わずかぶりを振ります。

「リズベット様、具合でも悪いんですか？」

いつの間にか、シーラさんが心配そうに私の顔を覗《のぞ》き込んでいました。

「い、いえ、大丈夫です。少し不快なものを思い出してしまいましたので……」

「ああー……」

何かを察したのか、シーラさんは遠い目をなさいました。

おそらく、私と同じもの……ロビン殿下を思い出したのでしょう。

「で、ですが、シーラさんはそのように愛くるしいのですから、素敵な殿方からたくさん求愛なされているのでは？」

話題を変えるため、私はそんなことを尋ねます。

実際、シーラさんに熱い視線を送っておられる殿方は、クラスにも大勢いらっしゃいますから。

「……有象無象《うぞうむぞう》が言い寄ってきたところで、迷惑なだけですよ」

「ああー……」

シーラさんの言葉に、私も遠い目をしながら同意しました。

「とはいえ、物は使いようですけどね。あの方々もたまに便利な時もあります」

「そ、そうですか……」

やはり私は、シーラさんのようにはなれそうにはありません。

表情も変えず、愛想もなく、話しかけられても冷たく返す。

ルディ様をいつも束縛して、マーヤがあの御方に話しかけることにすら嫉妬してしまう。こんな私が嫌になります。

……ルディ様もきっと、そんな私を面倒に思っていらっしゃいますよね。

「だけど……リズベット様が、羨《うらや》ましいです」

「私が……ですか？」

「はい！」

ニコリ、と微笑《ほほえ》むシーラさんの言葉に、私は思わず首を傾《かし》げてしまいます。

私のどこが羨ましいというのでしょう……。

「えへへ。先週の会食の際に思いましたけど、ルドルフ殿下ってリズベット様しか目に入っていないという感じですし、リズベット様のちょっとした表情や仕草を見て、すごく幸せそうでしたよ」

「え……？」

シーラ様の言葉に、私は思わず声を漏らします。

それが本当なら、こんなに嬉《うれ》しいことはありません。

「それどころか、ルドルフ殿下はリズベット様に束縛されたい節まであります。あの御方もあの御方で、リズベット様に負けず劣らず大好きな女性《ひと》への愛が重そう……いえ、深そうですね」

「あう……」

そこまでおっしゃられては、私も顔が熱くなってしまいます。

ルディ様……。

「残り三十分です」

「あ……えへへ、早く仕上げないとですね」

「はい」

シーラさんの言葉に私は頷《うなず》き、また刺繍に集中します。

前回もあれほどお喜びいただけたので、今回もきっとルディ様は喜んでくださると分かっていても、それでも少しくらい『前よりよくなりましたね』って褒めてほしい。

そんな儚《はかな》い期待と、ルディ様へのありったけの想いを込めて、一針一針を丁寧に縫いました。

「うわあああ、この表情……ルドルフ殿下が大好きになるはずですよ。可愛いです。尊いです」

シーラさんが何か呟《つぶや》いておられましたが、集中していたためかよく聞き取れませんでした。

大したことではないと思いますので、気にしないようにいたしましょう。

そして。

「そこまでです」

先生の終了の合図と同時に、私の刺繍入りのハンカチも完成しました。

「リズベット様、その刺繍のデザインは何ですか？」

「ふふ、内緒です」

出来上がったハンカチを指差すシーラさんに、私は少し彼女の真似をして、ちろ、と舌を出して悪戯《いたずら》っぽく微笑んだのでした。

「それまで！　勝者、エドガー！」

イクセル先生が勝ち名乗りを上げ、エドガーは姿勢を正して一礼する。

こう言ってはなんだけど、まさか彼が最上級生に勝利するなんて思いもよらなかった。

だって、わざわざ絡んできたくせにロニーとの試合を見て闘うことから逃げた男だよ？　いくら騎士団長の息子とはいえ、そんなに強くないと思ってたんだけどね。

まあいい。とりあえずほとんどの生徒が最上級生との試合を終えたので、残るは僕とあと数人の子息だけ。最上級生のほうも、ヴィルヘルムとオスカルを含めた数人しかいない。というか、ヴィルヘルムの奴、案の定残っているよ。

それよりも。

「……あと少し、かな」

学舎の壁に備え付けられている時計の針を見やり、僕はポツリ、と呟いた。

何があと少しなのかって？　もちろん、リズの実技試験の終了時刻だよ。

このペースでいけば、僕の試合観戦に間に合いそうだ。

せっかくヴィルヘルムと試合をするんだ。ちゃんと活躍してアイツをやっつけるところ、彼女に観てほしいからね。

などと考えていると。

「おや……先ほどから時計を気にしているようですが、ひょっとして緊張しているのですか？」

呼んでもいないのに、ヴィルヘルムの奴がわざわざ新入生側まで来て絡んできた。

しかもにこやかな表情まで浮かべて、周囲には上級生が新入生を慮《おもんぱか》るような構図に見えるようにして。面倒くさい上にいやらしい。

「貴様こそ、僕と話をしている余裕なんてあるのか？　こう言ってはなんだが、最上級生が新入生に試合で負けるとなれば、それこそ恥だぞ」

「もちろん、分かっておりますよ。ですが……失礼、俺と新入生では実力差がありすぎますからね」

僕の皮肉も意に介さず、自信たっぷりに告げるヴィルヘルム。感じ悪いなあ。

だけど、いざ僕と試合して負けて大恥かいたら、恥ずかしくて学園に来られなくなってしまうんじゃないだろうか。ある意味勇者かな？

そんな僕とヴィルヘルムの様子を真っ青な顔で見つめているのは、僕の実力を知っているロニーとエドガー。

ヴィルヘルムが僕の実力を知れば報告が嘘《うそ》だとバレてしまうから、気が気じゃないよね。

今さらそのことを訂正しようにも、もはや言い出すことなんてできないだろう。自業自得だけど。

「……いずれにせよ結果が全てなんだ。僕に構っていないで試合に向けて集中したらどうだ？」

「そうでした。俺が話しかけたせいで殿下が負けては、それこそ申し開きが立ちません」

ヴィルヘルムは、肩を竦《すく》めて苦笑する。

僕もこれ以上相手にしたくないので、ヴィルヘルムを一瞥《いちべつ》してから試合に視線を戻すと。

「ああ、そうそう」

「？」

「リズが、向こうの実技試験が終わり次第、僕の試合を観に来てくれるんだ」

僕は少し自慢げに、ヴィルヘルムに告げた。

「へえ……リズベットが」

「そうだ。僕の雄姿を観るためだけに、ね」

そうとも。リズは、決して貴様なんかを観に来るんじゃない。

この僕だけを観に……いやいや、ヴィルヘルムの醜態もだったよ。

「フフ……」

ヴィルヘルムの嗤《わら》い声が聞こえ、僕もまたほくそ笑んだ。

だというのに。

「ルドルフ、よろしく頼む」

「ええー……」

僕の対戦相手はヴィルヘルムではなく、なぜかオスカルだったよ。ここまでせっかく『ヴィルヘルム戦記』の英雄との一戦を盛り上げてきた僕の努力を返せ。

「心配しなくてもいいよ。ちゃんと手加減するから」

「あ、あはは……」

これ、どうしよう。むしろ僕が手加減しないといけないんじゃないだろうか。

で、本当だったら僕と試合するはずだったヴィルヘルムは、対戦相手の新入生に余裕で勝利し、観戦に駆けつけた新入生の女子達に囲まれているよ。解せぬ。

まあでも。

「ルディ様、頑張ってください！」

愛《いと》しの婚約者の声援を受けている以上、みっともない真似はできないよね。

だから……オスカルには悪いけど、引き立て役になってもらうよ。

「では……はじめ！」

「フッ！」

イクセル先生の試合開始の合図と同時に、オスカルが一気に飛び出した。

そういえば僕、オスカルの実力を全く知らなかったけど、動きから察するに相当な実力者だぞ。

それこそ、前の試合のヴィルヘルム以上に。

だけど。

「っ!?」

オスカルが放った剣撃を、僕はあっさりと受け止めてみせる。

ファールクランツ侯爵に教えを乞い、毎日休むことなくリズと一緒に訓練して手合わせをして鍛え上げているんだ。いくら実力者であったとしても、フレドリクとの派閥争いに明け暮れて十分に剣の訓練を積んでいないオスカルに後れを取るはずがない。

「く……っ！　まさかルドルフが、これほどまでの腕前だったなんて……！」

オスカルが歯噛《はが》みし剣を打ち込むけど、僕はそれを全て防ぎ、払い、躱《かわ》す。やはり僕とオスカルの実力差は相当あるようで、このまま続けても僕の勝利は揺るがないだろう。

すると。

「フフ……」

「オスカル兄上……？」

「これはますますルドルフが欲しくなったよ。一体お前は、どれだけの牙を隠しているんだい？」

しまった、この展開は予想外だったよ。

もう実力を見せてしまった以上、誤魔化すこともできない。どうしよう。

「！　そこ！」

余計なことを考えていたせいで隙《すき》ができた僕の右脇腹に、オスカルが胴払いを打ち込む。

だが。

「っ!?」

「すみません。婚約者が観ていますので、勝たせてもらいますね」

僕は剣の柄頭《つかがしら》でオスカルの剣を受け止めると、彼の右肩に剣を振り下ろし、そして。

「……まいった。僕の負けだ」

「そ、それまで！　勝者、ルドルフ殿下！」

イクセル先生の勝ち名乗りを受け、僕は木剣を下ろした。あ、もちろん寸止めだからね？

そんな僕の勝利が予想外だったのか、勝利宣言をしたはずのイクセル先生をはじめ、ここにいる上級生、新入生の面々は声を失っていた。

……いや、一人だけ違ったよ。

「ルディ様、お見事です」

「リズ……」

婚約者のリズだけは、満面に笑みを湛《たた》えてくれていたよ。

ただ、アクアマリンの瞳が爛々《らんらん》と輝いているように見えるから、きっと今夜の訓練ではものすごく手合わせをさせられそう。今から憂鬱《ゆううつ》。

「さて……これで実技試験も終わり。この後は授業も何もない。なら、今日こそは生徒会室に顔を出すことができるな」

「あ、あははー……もちろんですよ」

ポン、と肩に手を置き、仄暗《ほのぐら》い笑みを浮かべるオスカル。どうやら僕を逃がす気はないらしい。

僕も覚悟を決め、苦笑して頷いた。

「じゃあ、僕もそろそろ行くよ。放課後、生徒会室で待っている」

「は、はい」

オスカルは軽く手を上げ、他の上級生達と一緒に訓練場を後にした。

そんな中。

「………………」

忌々しげにこちらを見る、一人の男。もちろんヴィルヘルムの奴だ。

どうしてアイツが僕と直接試合することを避けたのか分からないけど、いずれにせよこちらの実力を知ったことで、これからはそう易々《やすやす》と試合を挑んできたりはしないだろう。

それでももし勝負を挑んでくることがあるとすれば、それは僕に勝てる絶対の自信がある時か、闘いを避けて通れない時。

「貴様には絶対に負けない」

ヴィルヘルムの背に向けてそう呟くと、僕はリズベットのもとに駆け寄った。

「やあ、待っていたよ」

放課後、生徒会室にやって来た僕にオスカルが抱きついてきた。え？　何この熱烈な歓迎。よく見ると、生徒会室にはオスカル以外にも男女二人の生徒がいる。まあ、生徒会なんだから、オスカル一人なわけがないか。

「紹介するよ。こちらが生徒会書記の〝デリック＝マクレガー〟」

「デリックです。ルドルフ殿下、ようこそ生徒会へ」

がっしりとした体格の男子生徒……デリックが一歩前に出て右手を差し出す。

僕はその手を取って握手を交わした。お、剣だこがすごい。

「ほう……ルドルフ殿下もかなり鍛えておられますね」

「まあ、僕に勝ったんだからそれくらい努力はしているよね」

「あはは、まあ……」

興味津々といった様子で僕の顔を覗き込むデリックに、オスカルがどこか自慢げに言う。そういうのはいいです。

「次に、生徒会会計の〝クリステル＝スヴェンソン〟だよ」

「……クリステルです。ルドルフ殿下にお会いできて光栄です」

「あ、ど、どうも……」

僕の前に立ち、優雅にカーテシーをする女子生徒……クリステル。それにしても、どうして彼女はそんなにも鋭い視線を僕に向けるのだろうか。いくら僕がルドルフだからって、勧誘したオスカルの前でそんな態度を取るのはよろしくないと思うけど。

「オスカル兄上、生徒会はこれで全員ですか？」

「いや。もう一人副会長がいるんだが、まだ来ていないな」

とりあえずその副会長は置いといて、生徒会のメンバーは外務大臣を務めるマクレガー侯爵の次男に、手広く商売をしている富豪スヴェンソン伯爵家の令嬢ね……周辺をオスカル派閥の貴族家の子息令嬢で固めるのは当然か。

そうなると、まだ来ていない副会長もオスカル派閥の貴族家ってことになるけど、これはちょっとおかしい。

というのも、オスカル派閥の領袖《りょうしゅう》はマクレガー侯爵。なので、本来副会長を務めるのはデリックということになる。それなのにオスカルは自分の右腕となる副会長のポストに、別の者を置いているのだ。

つまり、副会長に任命された子息令嬢は身分など関係ないほど優秀な人物ということだ。

オスカルの右腕は、一体どんな子息令嬢なんだろうか……って。

「ルドルフが生徒会に入ってくれるなら、もう一人と一緒に副会長になってもらおうと思う。特に来年以降は、ルドルフが生徒会長になるわけだからね」

「は……？」

オスカルから放たれた一言に、僕は思わず呆《ほう》けた声を漏らす。

い、いやいや、なんで新入生の僕が副会長なんてポジションに、しかも来年から生徒会長なんて聞いてないんだけど。

「当然じゃないか。生徒会長は代々皇族が務めるんだ。なら、ルドルフ以外にいないだろう？」

「そ、それを言うなら……」

と、ここまで喉から出かかったところで僕は発言をやめた。

皇族というなら一学年上のロビンもいるけど、アイツに任せたら皇室の権威が失墜することは必至だ。

それにオスカルだってそんなことは百も承知だろうし。何より、兄弟の中でロビンを最も過小評価しているのはオスカルだし。

「そういうことだから、期待しているよ」

「う、うぐう……」

こうなるともう、僕にできることは呻《うめ》くくらい……なんだけど。

「それにしても、今日は副会長遅いですね」

僕とオスカルの会話に飽きたのか、クリステルがどこか憮然《ぶぜん》とした表情でそう告げた。

「そうだな……いつもは時間どおりに来るあいつにしては、珍しい」

「俺が呼んできましょうか？」

「いや、いい。もうしばらくしたら、さすがに来るだろう」

なるほど……副会長というのは、普段は真面目な人物のようだ。

そしてもう一つ分かったことがある。クリステルが、先ほどから生徒会室の扉を何度も見ているのだ。

さっきの態度といい、ひょっとしたらクリステルは副会長に気があるのかもしれない。ごめん、適当なことを言った。

それから僕は、オスカルから副会長の仕事などについて色々と教わる。なんでも去年まではフレドリクが生徒会長だったためにオスカルは副会長を務めており、業務にも精通しているとのことだ。犬猿の仲であるはずのフレドリクとオスカルが一緒に生徒会を運営していたっていうのは意外だけど、ひょっとしたら皇位継承争いがなければ……いや、オスカルの瞳が琥珀《こはく》色だったなら、二人は良好な関係を築けたんじゃないだろうか。

などと考えてみたが、そんなことよりも僕は早く帰りたい。というか、リズを教室で待たせているんだよ。

大体、生徒会に入るつもりはなかったのに、いつの間にか副会長に任命されているし……。

「ルドルフ、聞いているのかい？」

「は、はい！　聞いておりますとも！」

オスカルに注意され、僕は話に集中する。

いけない、さっさと終わらせるためにも真剣に聞かないと。

などと考えていた矢先に。

「あ！　副会長！」

扉がゆっくりと開き、クリステルがパアア、と瞳を輝かせた。

どれどれ、副会長というのは一体誰なんだ……っ!?

「これは……」

現れた一人の男子生徒に、僕は思わず目を見開く。

……まさかヴィルヘルムが副会長を務めていたなんてね。

「ヴィル様遅い！」

「あ、ああ、すまない……」

驚いたのは向こうも同じようで、ヴィルヘルムは絡んできたクリステルにうわの空で返事をした。

「ルドルフも面識があるかもしれないが、彼はヴィルヘルム＝フォン＝スヴァリエ。僕達と同じ皇族の血を引くスヴァリエ公爵家の……」

「なっ!?」

「オスカル兄上。申し訳ありませんが、僕の生徒会入りの話はなかったことにしてください」

「失礼します」

僕はお辞儀をし、ヴィルヘルムと目も合わさずに生徒会室を出た。

困惑するオスカルが、僕を追いかけてくることも見越して。

「待つんだルドルフ！　一体どうしたっていうんだ……って」

廊下の角で手招きし、オスカルを生徒会室から死角になる場所に誘導する。

「オスカル兄上、本気ですか？　ヴィルヘルムは兄上が最も憎んでいる琥珀色の瞳を持つ男なんですよ」

「あ、ああ、そうだな……」

僕が詰め寄ると、オスカルが言い淀《よど》む。

ひょっとしてオスカルはヴィルヘルムと何かあるのか……？

「残念ですが、僕はあのヴィルヘルムとだけは相容《あいい》れません。ロビンと同じくらいに」

オスカルの黒の瞳を見つめ、僕ははっきりと告げる。

ここまで言えば、オスカルも分かるだろう。本気で僕を引き入れたいというのなら、ヴィルヘルムではなく僕を選べ、と。

もちろん僕はフレドリクと手を結んでいるし、仮にオスカルがヴィルヘルムではなく僕を選んだとしても、彼の派閥に入ったりすることはない。

でも……それでも、僕はこれまでのオスカルとの関係から一歩踏み出したいと思う。必要であれば、フレドリクとオスカルを和解させることすらも視野に入れて。

生徒会で一緒にやってきた二人だ。分かり合えればフレドリクとオスカルだって、『ヴィルヘルム戦記』と違う未来へと進むことだってできるかもしれないんだ。

リズのことを知り、リズによって救われた、この僕のように。

だから。

「オスカル兄上に申し上げます。ヴィルヘルムという男にだけは、絶対に気を許してはいけない」

「……………」

僕の言葉を受け、無言でうつむくオスカル。先ほどの反応からも、やはり彼はヴィルヘルムと何かある。それは間違いなさそうだ。

「失礼します」

オスカルにお辞儀し、僕はその場を離れる。

これで種は蒔《ま》いた。あとはどちらを選ぶか、オスカル次第だ。

今もなお廊下で佇《たたず》むオスカルを見やり、僕はリズの待つ教室へと向かった。

「それにしても、あれからオスカル殿下の勧誘がなくなってよかったですね。ルディ様からあの屑《くず》が生徒会で副会長を務めていると伺った時には、何が何でもルディ様を生徒会から引き離そうと考えておりました」

実技試験のあった日から一週間後の教室で、そう言ってリズが顔をしかめる。

生徒会室での出来事については、リズとマーヤにはその日のうちに話しておいた。このことで、これからの学園生活で何かしらの影響が出るかもしれないから。

そして、気になることがもう一つ。

ロニーとエドガーの二人が、実技試験以降ずっと休んでいるのだ。

あの二人はヴィルヘルムに指示され、リズとの訓練中に絡んできたはいいけれど、結局僕にいいようにあしらわれ、咎《とが》められないようにするためにヴィルヘルムの奴に嘘の報告をした。

『ルドルフを、試合にかこつけて痛めつけてやった』と。

結局のところ、実技試験でのヴィルヘルムとの試合は叶《かな》わなかったけど、オスカルとの一戦でアイツも僕の実力は十分分かったはず。

なら、ロニーとエドガーの嘘にも気づいている。

あの日、生徒会室に遅れてやって来たのも、ヴィルヘルムがロニー達に何かしたからだろう。

「それより、今夜はシーラ嬢との夕食会です。何か食べたいものなどはありますか？」

「そうですね……せっかくですので、彼女の実家のある領地の特産品である、チョウザメの卵はいかがでしょうか」

「それはいい。シーラ嬢も喜びますよ」

あの実技試験以降、何があったのかは知らないけど、リズとシーラが以前のようにギスギスしなくなった。

もちろん僕がシーラと話しているのを見ると嫉妬するところは変わらないけど、それでも、それ以外の時は二人が会話を交わしているのだ。

ただ……シーラは最近リズを見つめては、『リズベット様、可愛い。尊い』などと呟くようになった。

まあ、それには完全同意ではあるんだけど、ちょっとだけシーラの目が妖しいので警戒している。

「ところで、シーラさんのご実家はルディ様にどのような見返りを提示なさるでしょうか」

「んー……共謀してロビンを痛い目に遭わせるってことで手を握っているから、こういってはなんですが、僕的には特にこだわりもないというか……」

「そうですね。ルディ様に必要なものがあれば、ファールクランツ家で全て手配できますし」

そう言って、リズは少し胸を張る。

どうやら実家が僕の役に立てていることが誇らしいみたいだ。可愛い。

「本当に……リズにも、ファールクランツ閣下にも感謝しかありません」

「まあ。でしたら、いつか恩返ししていただきませんと」

「あ、あはは……そうですね」

恩返しとして何を求められるか分からないけど、妄想しているリズの恍惚《こうこつ》の表情を見る限りとんでもないことのような気がする。

そのことを察知した僕は、乾いた笑みを浮かべるしかなかった。


「んー！　これこれ！　美味《おい》しいですね！」

夕食会の席でシーラがチョウザメの卵をたっぷりとのせたバゲットを頬張《ほおば》り、目を細める。

リズのアドバイスどおりにして正解だった。

「それで……母とも調整した結果、アリシア妃殿下とロビンとの婚約解消による補償の協議について、十日後に巨蟹宮《きょかいきゅう》で行うこととなりました」

「十日後、ですか……」

「はい。その際は、お約束どおりルドルフ殿下にご同席をお願いできますでしょうか」

先ほどまでチョウザメの卵に頬を緩めていたシーラは真剣な表情に変わり、エメラルドの瞳でジッと僕を見つめる。

交渉の場をぶち壊すためにはどうしても僕という存在が必要なのだから、ここで僕を舞台から降ろさせまいと必死なのだろう。

「もちろんです。十日後、予定を空けておきますよ」

「ありがとうございます。母も私も、ようやく安心いたしました」

シーラは表情を緩め、その豊満な胸を撫《な》で下ろした。

「でしたらこれで堅苦しい話は終わりです。あとは時間の許す限り、食事を……」

「お待ちください。まだ、肝心なことが残っております」

僕の言葉を遮り、リズが身を乗り出す。

「え、ええと……肝心なこと、とは……？」

「はい。今のお話だと、協議の場にはアンデション家側はアンデション閣下とシーラさん、それにルディ様の三人で臨まれるようですが、私も同席させていただきたいのです」

「リズが!?」

「リズベット様が!?」

リズの突然の申し出に、僕とシーラは思わず驚きの声を上げた。

「お、お待ちください！　今回の協議の場は、いわば物別れに終わってロビンに相応の責任と汚名を負わせるためのものです！　そのような場にリズがいたら、ますますロビンが暴走して……！」

「だからよいのです。ルディ様の婚約者である私への無礼の数々を、ロビンにアリシア妃殿下やアンデション閣下の面前で披露させるのです。ロビンを地の底まで失墜させるには、都合が良いと思います」

僕は必死に説得するも、リズが頑として聞かない。

こうなるとリズは絶対に折れてくれないんだよなあ……。

困り果てた僕は、傍《そば》に控えるマーヤに視線を送るけど……あ、思いっきりかぶりを振っている。

どうやら、手に負えないみたいだ。

「ハア……仕方ありません」

「！　ルディ様、では……」

「ただし！　絶対に僕の隣に離れずにいること！　ロビンが身を乗り出してきたら、僕の後ろに隠れること！　これだけは絶対に約束してくださいね！」

「は、はい！　もちろんです！」

ああもう……僕も甘いなあ……。

でも、リズのこんな嬉しそうな表情を……僕の役に立てると思って喜ぶ姿を見たら、何も言えなくなるどころか、僕まで思わず口元が緩んじゃうよ……。

「シーラ嬢。予定が少々変わってしまいましたが、よろしいでしょうか……って」

「はあああ……リズベット様、可愛い。尊い。バゲットおかわり」

うっとりとした表情で、リズを見つめバゲットを齧《かじ》るシーラ。

……うん、放っておくことにしようか。


「リズ、昨夜はよく眠れましたか？」

シーラとの夕食会から、十日後の朝。

久しぶりに天蝎宮《てんかつきゅう》に帰ってきた僕とリズは、一緒に朝食を摂《と》っていた。

「はい。おかげさまでぐっすりと」

「それはよかった。ベッドが変わると、寝苦しくなったりしますからね」

僕は器用にニンジンを避《よ》けつつ、サラダを口に含む。うん、美味《うま》い……って!?

「はぐ!?」

「ルディ様、好き嫌いは駄目ですよ?」

リズに無理やりニンジンを口にねじ込まれ、僕は逃げ場を失う。

うう……口の中に、ニンジンの味が広がってくるう……っ。

「それにしても……ルディ様はニンジンの何が駄目なのでしょうか。こんなに美味しいですのに」

そう言うと、リズはニンジンを可愛らしい桜色の口で齧った。

「全部ですね、全部。色も、形も、香りも、味も、その存在全てが許せません」

「ハア……結婚してからも好き嫌いをなされては、子供に示しがつきませんよ?」

「んぐっ!?」

リズの思わぬ爆弾発言に、僕は声を詰まらせてしまった。

い、いや、僕とリズは婚約をしているわけだから、結婚するのも当然ではあるけれど、そ、その……いくら僕達がもう十五歳で成人を迎えているからって……。

「?　ルディ様、どうかなさいましたか?」

「リズベット様。ご自身の発言に、気づいておられないのですね」

マーヤが、リズにそっと耳打ちをすると。

「あうあうあうあうあうあうあうあうあう!?」

ようやく自分の放った言葉の意味を悟ったリズは、顔をイチゴのように真っ赤にし、混乱して手をぱたぱたとさせる。何これ、すごく可愛いんだけど。

「ちち、違……わなくはないですが、私が言いたいのは、そういう意味ではなくて！」

「違うんですか？　僕は、そのつもりでしたが……」

「全くです。これでは、さすがにルドルフ殿下が不憫《ふびん》というものです」

「違うのです！　わわわ、私ももちろんルディ様と同じ気持ちですが、その！　あうあうあうあうあう……っ」

僕とマーヤは、ここぞとばかりに結託し、リズを揶揄《からか》った。

いやあ、僕の婚約者の可愛さは、世界征服できるレベルだよね。マーヤもそう思うだろ？

するとマーヤは僕の視線の意味を理解したらしく、サムズアップして頷いた。さすがは僕の専属侍女だ。

「リズベット様、恥ずかしがってばかりもいられません。本日はアンデション閣下がお見えになられるのですから」

「あうあう……そ、そうでしたね……」

マーヤにたしなめられ、リズはようやく持ち直した。

というか、自分がリズをこんな目に遭わせたというのに、さすがに理不尽じゃないかと思う。僕も共犯だけど。

「さあ、早く朝食を済ませてしまいましょう。この後、リズも素敵なドレスに着替えていただかないといけませんので」

「は、はい」

ということで、僕とリズは気を取り直し、食事を楽しんだ。

◆

「本日は、遠路はるばるようこそお越しくださいました」

天蝎宮の玄関で、僕とリズはシーラの母、〝パウラ＝アンデション〟を出迎えた。

「あらあらまあまあ、まさかルドルフ殿下自らお迎えいただけるなんて、光栄の至りですわ」

扇で口元を隠し、おっとりとした口調でにこやかに話すアンデション辺境伯。

エメラルドの瞳に年齢よりも幼く見える優しげな表情、まさに娘のシーラにそっくりだ。いや、この場合はシーラが辺境伯にそっくりなのか。

つまり腹の内は、シーラ同様、権謀術数を秘めたしたたかな女性だということだ。

そうじゃなければ隣国のノルディア王国と渡り合うなんてことできないよね。

「それでは、ご案内します」

「ええ、お願いしますわね」

アンデション辺境伯とシーラを連れ、アリシア皇妃とロビンの待つ巨蟹宮へと向かう。その前に。

「まずは今日の段取りについて、整理しておきましょうか」

「ウフフ、そうですわね」

ということで、応接室で僕とリズ、アンデション辺境伯、それにシーラで打ち合わせをする。

もちろん、ロビンに絶望を味わわせてやるために。

「その上で、これは僕の勝手なお願いなのですが……」

「あらあら、何でしょうか？」

「……今回の件は、あくまでもロビンの奴が独断でしでかしたこと。アリシア妃殿下はむしろ被害者であることを、どうかご承知おきいただきたいのです」

これは別に、僕がアリシア皇妃と手を結んでいるから、というだけじゃない。

ただ僕は、あの女性《ひと》が報われてほしいと、そう思ったから。

僕はベアトリスから、母親としての愛情なんて受けたことはなかった。

でもアリシア皇妃は、ベアトリスの息子で目障りでしかない僕にも、まるで本当の母親のような優しい瞳を向けてくれたから……。

「ふう……本来であればロビン殿下の母親であるアリシア妃殿下にも、相応の報いを受けていただきたいと思っていたのですが……」

「どうか、お願いします。このことを受け入れてくださるのであれば、僕のほうから今回の件に対する見返りを求めたりいたしませんので」

ちょっと卑怯《ひきょう》な気がするけど、僕はここでカードを切らせてもらう。

持っていても仕方のないカードでもあるし、アンデション辺境伯だってこれならほとんど損をしないわけだから、受け入れやすいと思うし。

「仕方、ありませんね」

「っ！　では……！」

「ええ。今回はロビン殿下が苦しむだけで、溜飲《りゅういん》を下げることにしますわ」

そう言うと、アンデション辺境伯は苦笑した。

「そういえば……アンデション閣下はどうしてシーラ嬢をロビンの婚約者にすることをお認めになられたのですか？」

アリシア皇妃のことが上手くいって安堵《あんど》した僕は、以前から気になっていたことを尋ねた。

はっきり言ってロビンは皇帝の器でないことは当然のこと、貴族ですら務まるかどうかも怪しいほどだ。

これまで自身の才覚で領地を繁栄させてきたアンデション辺境伯からすれば、ロビンのような無能はお断りだと思うんだけど……。

「あらあら、簡単な話ですわ」

アンデション辺境伯はクスクスと笑い、説明してくれた。

まず、ノルディア王国との外交・交易において皇室の支援が期待できること。特に、アリシア皇妃の存在が大きかったらしい。

確かに皇室で最も帝国のことを考えているのは、他でもないアリシア皇妃だからね。

一応、皇帝も仕事はしているみたいだけど、ベアトリスなんかに現《うつつ》を抜かして公式の場でも連れ歩いている時点でどうかと思うし。

次にロビンが無能であるということが、シーラの相手として条件に適《かな》ったとのこと。

それを聞いた時には思わず耳を疑ったけど、シーラにアンデション家を継がせることを考えれば、配偶者は無能のほうが扱いやすいらしい。

加えて、それにより臣籍降下することになるロビンには爵位と領地が与えられることになるけど、その領地をアンデション家の領地に隣接させることでかすめ取ってしまうこともできるというわけか。

「で、ですが、それでもロビンなんかを夫として迎えることは、シーラ嬢にとって苦痛なのでは……」

「ウフフ、形式上だけ夫であれば、それで構わないですわ。あとは、それぞれに別のお相手がいればいいのですから」

うわあ……つまり形だけの夫としてロビンを受け入れ、シーラの本当の相手は別に用意する、と。

ひょっとしたらこれ、ロビンがシーラと結婚していたら、完全に飼い殺しにされるパターンだったんじゃ……。

「シーラからお話を伺っておりましたが、私としましてはルドルフ殿下がお相手いただけると嬉しいんですけど……」

そう言って、アンデション辺境伯が意味深な視線を送ってくるんですけど。

お願いですから、そういうことはやめてくれませんかね。

とりあえず、このままではリズが暴発してしまいそうなので。

――ギュ。

「あ……」

「シーラ嬢の手前、申し上げにくいのですが……申し訳ありません。僕はリズ以外の女性と添い遂げるつもりはありません」

リズの手を握り、僕ははっきりと告げた。

僕が愛する女性は、後にも先にも、リズ唯《ただ》一人であることを。

「あらあら……それは仕方ありません」

「ご理解いただき、ありがとうございます」

残念そうな表情を浮かべる辺境伯に、僕は深々とお辞儀をする。

この時、隣のリズを見てみると……。

「ふふ……ふふふ……」

彼女は頬を赤らめ、嬉しそうに口元を緩めていた。

うんうん、結果的に喜んでくれて何よりだ。

そして。

「えへへへへ……リズベット様、尊い……」

あーあ……シーラ、よだれが出ているよ。

最近リズにとって一番警戒しなきゃいけないのは、ヴィルヘルムやロビンではなくシーラなんじゃないかって思ってしまうよ。

「ならばせめて殿下の子種だけでも、いただけないかしら？」

……この人、おっとりした表情で何を言っているのだろうか。

「わざわざ来ていただいて、申し訳ないですわね」

「いえいえ、こちらこそ」

僕達が巨蟹宮を尋ねると、アリシア皇妃が出迎えてくれた。

ロビンの姿がないところをみると、部屋の中で待機しているってところか。

「ルドルフ殿下も、巻き込んでしまったみたいで申し訳なかったわね……」

「いえ……僕のことはお気になさらず」

眉根を寄せるアリシア皇妃に、僕は気にしていないといった素振りを見せる。

でも彼女の視線からは、『お願いだから、何かあったらよろしく』と懇願されているように感じられた。どうしよう。

「さあさ、では中へお入りください」

「失礼いたしますわ」

「「失礼いたします」」

アリシア皇妃に促され、僕達は部屋の中へと入ると。

「っ！　リ、リズベット！」

……ロビンの奴、第一声がそれなの？

今日はオマエの不始末について話し合う場だというのに、どうしてそんなに色めき立っているんだよ。

まあ、こんな反応は予想どおりだし、それこそ僕達が望んでいるものではあるけれど。

「やはりお前は、この俺を心配して……」

「どうしてそのように思われるのでしょうか。私がここにいるのは、友人であるシーラさんをお支えするためです。そうでなければ、失礼ですがロビン殿下にお会いしたくなどありませんでした」

「っ!?」

絶対零度の視線を向け、ロビンの言葉を全否定するリズ。

困惑するロビンとは対照的に、シーラはリズに『友人』と呼んでもらえたことが嬉しかったみたいで、エメラルドの瞳を輝かせていた。

「ロビン……あれだけ口を開かないようにと念を押したのに、あなたという子は……っ！」

「お、俺はオスカル兄上側なのだ！　フレドリク兄上と〝穢《けが》れた豚〟の側についている母上の言葉になど、この俺が耳を貸すわけがないだろう！」

「ロビン！」

ロビンの放った最低の言葉に、とうとう堪忍袋の緒が切れたアリシア皇妃が声を荒らげた。

いや、むしろアリシア皇妃は今まで根気よくロビンに付き合っていたほうだと思うよ。

本当はロビンを切り捨てたほうが、遥《はる》かに苦労せずに済んだはずなのに。

「あらあら……では、ロビン殿下はここに何のためにおられるのですか？　今のお話ですと、私の愛娘《まなむすめ》であるシーラに謝罪する意思もない、そのように聞こえますが」

「フン！　当然だ！　どうしてこの俺が、たかが田舎貴族の令嬢との婚約を解消した程度で、頭を下げなければいけないのだ！」

鼻を鳴らし、アンデション辺境伯を睨《にら》むロビン。

この期に及んでも、まだ自分の置かれている状況を理解できないその姿が、僕の目にはもはや道化師に見えてしまう。

破滅へと向かう、道化師に。

「アリシア妃殿下、これではお話になりません。あれだけシーラを侮辱しただけでは飽き足らず、まさかこのような扱いを受けるとは」

「…………………………」

「どうなさるおつもりですか？」

「待て！　この俺を抜きに、勝手に話を……」

「無能の皇子風情が、黙りなさい」

「っ!?」

それまでのおっとりとした様子から一変し、アンデション辺境伯が一喝した。

彼女のあまりのプレッシャーに、ロビンは情けなく尻餅《しりもち》をついてしまう。

そもそもアンデション辺境伯は、長年ノルディア王国とわたり合ってきた方だ。ロビンごときが敵《かな》うはずがないのに。

「アリシア妃殿下」

「……バルディック帝国第一皇妃、アリシア＝フェルスト＝バルディックの名において命じます。第三皇子ロビンを、〝ナルリク〟の塔に無期限幽閉とする」

「「「「っ!?」」」」

アリシア皇妃の決定に、ロビンだけでなく僕達も一斉に息を呑《の》んだ。

バルディック帝国最北端にある極寒の地、ナルリク。

罪を負った皇族がたどり着く、終焉の場所。

幽閉された皇族は、その過酷さ故にいずれも心を壊してしまうと伝えられている。

それが、たとえほんの僅《わず》かな期間であったとしても。

「このことは私から皇帝陛下にお伝えしますが、ロビンの皇位継承権も剥奪《はくだつ》となるでしょう」

「ま、待って……っ」

「連れていきなさい」

「母上!?　母上……母上ッッッ！」

狼狽《うろた》え、棒立ちになるロビン。

衛兵達はお構いなしにロビンを捕らえようとして。

「っ！　俺がこんな目に遭ったのは、全て貴様の……〝穢れた豚〟のせいだ！　豚の分際で俺のリズベットを横取りし、母上まで騙《だま》しやがって！　貴様はこの俺の足元で這《は》いつくばっているのがお似合いなんだよ！」

勝手なことを宣《のたま》い、ロビンが拳《こぶし》を振り上げて襲いかかってきた。

だけど。

「ぐへ……っ!?」

「貴様に貶《けな》される筋合いはない。僕はルドルフ＝フェルスト＝バルディック。世界一大好きなリズベットに相応《ふさわ》しい男になるため、今までのように貴様にただやられるわけにはいかないんだよ」

ロビンの鳩尾《みぞおち》に拳を叩《たた》き込み、耳元で告げる。

そうだ。僕はもう、僕だけのものじゃない。

僕が貶され傷つくと、リズが傷つくんだ。傷つけられてしまうんだ。

だから——僕は、僕自身も守ると決めたんだ。

「衛兵」

「は、はっ！」

僕に声をかけられ、呆けていた衛兵達は、お腹を押さえて倒れ込むロビンを引きずっていった。

「失礼いたします！」

「嫌だ……嫌だあああああああああああッッッ！」

部屋から連れ出されたロビンの悲痛な叫びが、巨蟹宮の通路にこだまする。

アリシア皇妃は肩を震わせ、血が流れるのもいとわないほど、唇を強く噛みしめていた。

「アンデション卿……これで許していただけるかしら？」

「え、ええ……」

可愛い実の息子に対する厳しい処分に、さすがのアンデション辺境伯も返事をするのが精一杯のようだった。

僕だって、アリシア皇妃がまさかここまでするとは思わなかった。

無期限謹慎と皇位継承権の剥奪、ロビンの公の場での謝罪くらいで済ませるものだと考えていたんだけど……。

「それはよかったわ。これからも一緒に手を携え、帝国を盛り立てていただけると嬉しいわね」

「も、もちろんですわ。このパウラ＝アンデション、いつも帝国と共に」

アンデション辺境伯とシーラは傅《かしず》き、首《こうべ》を垂れて恭順の意を示す。

望みどおり……いや、望み以上の結果にはなったけど、それ以上にアリシア皇妃の怖さを知ることになったな……。

「ルドルフ殿下、リズベット」

「は、はい」

「はい」

「引き続き、フレドリクの支援をお願いするわね」

アンデション辺境伯達に見せるものとはまた別の、アリシア皇妃の今にも泣きだしそうな表情。

……いや、彼女はもう泣いているんだ。

「このルドルフ＝フェルスト＝バルディック、妃殿下にお約束したとおりに」

「リズベット＝ファールクランツ、同じく」

僕とリズは、アンデション辺境伯と同じく、その場で跪《ひざまず》いた。

ああ……帝国の皇妃というのは、ここまで耐え忍ばなければいけないのか……。

国母であるがゆえに、自分の息子を切り捨ててまで。

やはり僕が目指す先は絶対に皇帝では……ましてや暴君なんかじゃない。

僕は、ファールクランツ侯爵のようになるんだ。

大好きなリズに、絶対に悲しい思いをさせないために。

「……なんとも後味が悪いですわね」

アンデション辺境伯が、溜息《ためいき》とともにポツリ、と呟いた。

アリシア皇妃との協議を終え天蝎宮に戻ってきた僕達は、とりあえず一息ついているところだ。

さすがに、あんなことがあった後では、ね……。

「こんなことを聞いて恐縮ですが、アンデション閣下としては、これで溜飲を下げる……ということでよろしいのですよね？」

「あらあら、当然ですわ。身勝手にシーラとの婚約を解消して、だらしなくリズベットちゃんに言い寄った罪で皇位継承権の剥奪どころか、無期限幽閉になったんですもの。ロビン殿下は、恥どころか人間としての尊厳すら失いかねなくなるんですし」

一年を通じて雪と氷に覆われた地で、ロビンは終わりのない日々を過ごさなければならないんだ。

小心者で器も小さく、我慢を知らないロビンなら、一か月も耐えることができないだろう。

「ですがルディ様、アリシア妃殿下が早々に幽閉を解く、ということは考えられないでしょうか……」

「それはないと思います。アリシア妃殿下は、この国の第一皇妃として処罰したんですし」

これが一人の母親として罰を与えたのならともかく、皇妃の立場で処分を下したんだ。

ここでロビンを簡単に許すことは、これまで皇室に尽くしてきたアリシア皇妃の、半生の全てを否定することになってしまうのだから。

「……悲しい、ですね」

「はい……だからこそ、こんなことはこれっきりにしないといけません」

ただし、それは僕とリズが大切にしている人達に限って、だけどね。

リズに危害が及ぶような真似をする者であれば、その時はロビンのように……いや、それ以上の目に遭わせる覚悟は持ち合わせている。

特に、ヴィルヘルムに対しては容赦するつもりはない。

僕とリズの大切な思い出を偽ったばかりか、今も粘着質にまとわりついてくるあの男。

前世で読んだ『ヴィルヘルム戦記』の人物像とのあまりの違いに、今ではあの叙事詩にはかなり改ざんが加えられていたんじゃないかと考えている。

そうすると、僕……ルドルフが暴君であったかどうかも疑わしい。

なら、これから僕はどう動いていくべきなのか、ということなんだけど……って。

「リ、リズ!?」

「ルディ様、どうなさったのですか……?」

透き通るようなアクアマリンの瞳で、僕の顔を覗き込むリズ。

そうだった。今はアンデション辺境伯達もいるんだし、考えるのは後だね。

「あはは、すみません。ロビンのことを考えていたら、つい……」

「それでしたらよろしいのですが……」

苦笑する僕にリズはどこか腑《ふ》に落ちない様子を見せるものの、とりあえずは納得してくれた。

「まあまあ、もうこんな時間ですわね」

窓から夕陽が差し込んでいるのを見て、アンデション辺境伯が手を合わせた。

確かにお開きにするにはちょうどよい時間だ。

「では、私達はこれで失礼しますわね」

「はい。今日はお疲れさまでした」

僕とリズは、帰宅するアンデション辺境伯とシーラを玄関で見送る。

ちなみに辺境伯は帝都で別件の用事があるらしく、しばらく帝都のタウンハウスに滞在してから領地に帰るらしい。

「ふう……今日は大変でしたね。リズは疲れてはいませんか？」

「はい。結局、私は何一つお役に立てませんでしたので……」

そう言って、リズは目を伏せた。

「それを言うのなら、僕だって同じです。今回はロビンが勝手に自滅しただけですから」

少しでもリズが気に病まないように、僕は努めておどけてみせた。

あんな結果になったことで、彼女に思いつめてほしくないから。

「それより、アリシア妃殿下には申し訳ないですが、もうロビンが君の視界に入ることは永遠にありません。ようやく僕達の憂いの一つが取り除かれました」

これでリズは、ロビンによる害を被《こうむ》ることはなくなった。

そのことが、僕は素直に嬉しい。

「……ルディ様は、いつも私のことばかりですね。今もこうして落ち込む私を慰めるために、わざとおどけてみせて」

「あ、あははー……」

上目遣いで見つめるリズに、僕は苦笑する。

というか、全部バレてるし。

「これでリズに寄ってくる羽虫は、あとはヴィルヘルムだけですが……」

「あの屑のことです。これからも執拗《しつよう》に、粘着質にルディ様に絡んでくることが予想されます」

「それを言うならリズにだって」

「「ハア……」」

僕とリズは顔を見合わせ、溜息《ためいき》を吐《つ》いて肩を落とした。

偽書・ヴィルヘルム戦記 ——飛躍の章—— 邂逅

■リズベット＝ファールクランツ視点

「リズベット様、いよいよ今日から帝立学園に入学ですね」

帝都を走る馬車の中、マーヤが澄ました表情で静かに告げる。

私はといえば、車窓から帝都の景色を眺めて物思いにふけっていた。

「……そのように呆《ほう》けていらっしゃいますと、学園生活が心配になってまいります。いくら婚約者のヴィルヘルム様が上級生にいらっしゃるとはいえ、それでもリズベット様へのやっかみが……」

「それこそ無用な心配ではなくて？　……いえ、むしろそうやって敵視されたほうが気が楽というものです」

学園に入学する前に、私のためにマーヤが調査をしてくれた。

調査の内容は、学園内におけるヴィルヘルム様について。

学業は非常に優秀な成績を修め、同級生で第二皇子のオスカル殿下でもあの御方の後塵《こうじん》を拝しているとのこと。

また、あの御方は第二皇子のオスカル殿下とともに生徒会副会長を務めておられ、第一皇子のフレドリク様が先月卒業なされたことでオスカル殿下が生徒会長に昇格、ヴィルヘルム様は引き続き副会長として支える予定だそうです。

何より。

「ヴィルヘルム様はリズベット様との婚約を発表されて以降も、多くの女性から慕われておられます。令嬢方のいじめは陰湿ですので、リズベット様がいくらお強いとはいえ、きっと迷惑を被《こうむ》ることになります」

「構いません」

なおも告げるマーヤに、私はぴしゃり、と言い放ちます。

有《う》象《ぞう》無《む》象《ぞう》が何かをしてきたところで意に介しませんし、果たしてこの私にそんな真似をする度胸のある者がいるのでしょうか。

それに今の私は、こうも考えてしまうのです。

もし私が、ヴィルヘルム様が原因で迷惑を被ることになれば、あの御方はあの日のように助けてくださるのか、と。

そう……私はどうしても、疑ってしまうのです。

本当に、あの日の御方がヴィルヘルム様で間違いなかったのか、と。

いまだにヴィルヘルム様は、あの日渡した金貨のことをおっしゃってはくださいません。

そのことが余計に私の心をかき乱し、別人ではないかと考えてしまうのです。

「リズベット様、到着しました」

「そうですね」

帝立学園に到着し、私は一人入学式が行われる講堂へと向かう……のですが。

「「「「…………………………」」」」

……ああ、なるほど。彼女達がマーヤの言っていた、ヴィルヘルム様に懸想しているという令嬢達なのですね。

この私に対してあからさまな敵意を隠さないなんて……ふふ、いい度胸をしていますね。

私はクスリ、と嗤《わら》うと、気にせずにそのまま講堂へと足を運びます。

すると。

「すまないが、頼めるかな？」

「は、はい……お任せください……」

ヴィルヘルム様がある女子生徒の髪を撫《な》でながら、何かをお願いしているようです。

女子生徒のほうも頬《ほお》を赤らめ、まんざらでもない様子。手慣れている様子からも、ヴィルヘルム様は普段からこのようなことをなさっているのでしょう。

私が今日から学園に入学することを、知っておきながら。

だというのに、不思議なことに私はあまり腹が立ちませんでした。

素敵な殿方というのは、その魅力のせいで女性に言い寄られることなど日常茶飯事。あのような行動も、ひょっとしたら女性に対する優しさからのものかもしれませんので。

……いいえ、違いますね。私は思っていたよりも、あの日の御方にそこまで思い入れがなかったのかもしれません。

それはとても悲しいことなのですが、そもそも貴族の婚姻など、所詮《しょせん》は互いの家にとって有益であるかどうかで決まるもの。そこに感情を持ち込むことのほうが間違っているのです。

そう……いつまでもあの日のことを引きずっている私こそが、おかしいのだから。

すると。

「何を見ている！　無礼だぞ！」

ひと際大きな声で現れた、一人の男子生徒。

白銀の髪に琥珀《こはく》色の瞳をしたあの御方は、第四皇子のルドルフ殿下。

同い年のルドルフ殿下も、入学式に出席するために講堂へと向かうところなのでしょう。周囲にいる生徒達を威嚇し、傍若無人《ぼうじゃくぶじん》に学園内を歩くそのお姿は、人によってはその瞳に『暴君』のように映るかもしれません。

「……ルドルフ殿下、他の生徒が委縮《いしゅく》しております。どうかお静かに……」

「フン。婚約者がいるにもかかわらず他の女とじゃれ合っていながら、この僕に説教か」

意外だった。

まさかあのルドルフ殿下が、ヴィルヘルム様と私の婚約をご存じだったなんて。

「俺はただ、彼女に生徒会のお願いをして……」

「ん？　……よく見れば、スヴェンソン家の女か。公衆の面前で憚《はばか》られるようなことをするのが、生徒会の決まりなのか？」

「っ！　ルドルフ殿下、今のお言葉を……」

「……なんだ？　この僕に意見をするのか」

「あう……」

物申そうとする女子生徒でしたが、ルドルフ殿下に気《け》圧《お》され言葉を詰まらせてしまいました。

ですが、これはルドルフ殿下が正しい。令嬢ともあろう者が、婚約者のいる殿方にあのようなことをされるのを受け入れたのですから。

「フン。これでは学園生活も思いやられるな」

吐き捨てるようにそうおっしゃると、ルドルフ殿下はこの場から立ち去っていかれました。

去り際に、私を見やって。

ヴィルヘルム様は苦虫を噛《か》み潰《つぶ》したような表情を浮かべておられますが、ようやく私がこの場にいたことに気づかれたようで、どこか気まずそうに近づいてきます。

「やあ、リズベット。入学おめでとう」

「……いえ」

令嬢とあのようなやり取りをしておきながら、この私に話しかけてくるなんて……。

そう思いましたが、それ以上に私は気になってしまいました。

どうしてルドルフ殿下が、あのようにヴィルヘルム様に絡まれたのかを。

それに……どうして私を……。

……いいえ、本当は分かっています。

きっとルドルフ殿下は、婚約者のあのような姿を私が見て悲しまないように、ヴィルヘルム様に苦言を呈してくださったのだということを。

ひょっとしたら他の生徒達に声を荒らげたのも、私が令嬢達から嫉妬の視線を受けていたことに気づいて……なんて、さすがにそれは考えすぎでしょうか。

でも……私には、ルドルフ殿下が気遣ってくださったのだとしか思えませんでした。

「……学園生活も、悪くはないかもしれませんね」

「？　リズベット？」

私はルドルフ殿下が向かった先を見つめ、頬を緩めました。

第二章　仕組まれていた歴史

「「「「……………………」」」」

ロビンのナルリクへの幽閉が決まってから一週間後の朝、教室に入るなりいきなり生徒達から睨《にら》まれている僕。どうして？

いや、これまでも僕に対して侮蔑《ぶべつ》の視線を送ってくることはあったけど、今日はやけに露骨だな。

「ふふ……私のルディ様にまだそのような視線を向けてくるなんて……よほど命が惜しくないようです」

「「「「っ!?」」」」

クスクスと嗤《わら》うリズのプレッシャーに耐えられなかった教室の生徒達は、一斉に息を呑《の》み視線を逸《そ》らす。

だけど、今日のリズは容赦がなかった。

「ねえ、どうしてルディ様にあんな目を向けるのかしら」

「あ……あう……」

リズに絡まれた女子生徒が顔を真っ青にし、言葉を詰まらせる。

よく見ると、肩も震わせているし……これ、ちょっとやりすぎでは……。

「あなたなら教えてくれるわよね?」

「ヒイッ!?」

ぐりん、と首を捻《ひね》って振り返り口の端を吊《つ》り上げるリズに、声をかけられた男子生徒は悲鳴を上げた。その気持ち、いくらリズのことが世界一大好きな僕でも分かる。怖い、ものすごく怖い。

「どうしましょう。誰も答えてくれないわ……言葉で分からないのなら、身体で分からせるしか……って」

「リズ、さすがにやりすぎです」

精一杯の勇気をふり絞り、僕はリズの手を取って止めた。

本当にリズ、どうしてしまったんだろう。

「……皆さん、命拾いしましたね」

「「「う……」」」

リズに絶対零度の視線を向けられ、声を詰まらせる生徒達。

これでようやくプレッシャーから解放された安堵《あんど》感からか、一部の生徒は椅子から滑り落ちた。

「リズ、君は一体……」

「ふふ、ルディ様に醜態を晒《さら》してしまいました。ですがご覧ください」

そう言ってリズが指を差し示した先に、他の生徒達とは明らかに様子の違う女子生徒がいた。

あれは……。

「彼女はスヴェンソン伯爵家の次女、〝エイプリル〟嬢です」

「スヴェンソン家……って、たしか生徒会会計のクリステル嬢と同じ……」

「お察しのとおりです。そしてご存じでしょうか。クリステル嬢が、ヴィルヘルムに懸想していることを」

「え……？」

え？　え？　あのクリステルがアイツに懸想しているって、どういうこと？

「やはりお分かりにならなかったようですね。……まあ、ルディ様は少々鈍感なほうが私としてはありがたいですが」

なんだか少し貶《けな》されているように感じるけど、事実なので甘んじて受け入れることにしよう。

「マーヤからの報告なので間違いありません。おそらく今日の生徒達の反応は、クリステル嬢がエイプリル嬢に指示をして仕組んだことかと」

「ええー……」

いや、なかなか面倒なことになってきたぞ。

つまりはこの学園内にはヴィルヘルムのことが好きな女子生徒……今回はクリステルだったわけだが、他にもいる可能性は高い。何せヴィルヘルムは、『ヴィルヘルム戦記』においても女たらしで有名だったからね。

「いずれにいたしましても、クリステル嬢とエイプリル嬢が今後も何かを仕掛けてくることが予想されます。生徒達を脅しておいたのでしばらく動きはないと思いますが、マーヤとアンネに二人の動向についても注視させるようにいたしましょう」

「そうですね……」

そう言うと、僕とリズは頷《うなず》き合った。

* * *

「はあ!?　それ、どういうこと!?」

昼休みの食堂のテラス席で、僕はシーラから聞かされた事実に驚きの声を上げた。

「はい。昨夜、うちのクラスの生徒達の寮の部屋に手紙が投げ込まれたんです。『第四皇子のルドルフは第二皇子であり生徒会長のオスカルを操り、学園の支配を画策している』といった内容のものが」

「ええー……」

何それ。どうして僕がそんな面倒くさいことをしないといけないんだよ……。

「ですがシーラさん、生徒達はそんな滑稽話《こっけいばなし》をどうして信じたのですか？　いくら馬鹿な彼等でも、普通に考えればあり得ないと判断できるだけの知能くらいは備わっていると思いますが……」

何気に辛辣《しんらつ》な言葉を放ち尋ねるリズ。でも、確かに彼女の言うとおりなんだよね。

だってそうだろ？　こんな与太話《よたばなし》を信じるほうが馬鹿だと思うけど、生徒達のほぼ全員がそれを信じ、僕に対してあんな視線を向けてきたんだから。

「三日前」

「「？」」

「生徒会室の前で、オスカル殿下が副会長であるヴィルヘルム子息をかなり激しく叱責《しっせき》していたそうです。『貴様はこの僕を陥れるつもりだったのか。ならば貴様を生徒会から追放し、ルドルフとともに生徒会を……いや、この学園を盛り立てていく』、と」

……これはどういうことだろうか。

基本的にオスカルは腹黒いけど、自分の感情を表に出すようなことは滅多にない。僕も、琥珀《こはく》色の瞳に触れた時に豹変《ひょうへん》したのを見たくらいだ。

だというのに、ヴィルヘルムはオスカルを激高させた。なら、その理由は一体何だろうか。

それにシーラの話だと、オスカルはヴィルヘルムに何か不利な状況に追い込まれそうになっていたようだが……。

「そうだとしても、たったそれだけのことで私のルディ様が事実無根の陰謀論に巻き込まれるなんて、ますます腑《ふ》に落ちません」

「それに関してはエイプリル嬢が今朝、教室に来た生徒達を一人一人捕まえて説明して回っていました。『あの手紙の内容は真実だ。同じ生徒会の姉から聞いたから間違いない』と」

なるほど……当事者と最も近い人物からの証言もあれば、生徒達も信じてしまうかもしれない。

何より、評判の悪い僕ならやりかねないって思っても不思議じゃない、か。

「いいえ、それでも納得できません。仮に生徒達が手紙の内容を信じたとして、だからといって第四皇子であるルディ様に向かって、露骨にあんな態度が取れるものでしょうか。下手をすれば、自分達だけでなく実家にも被害が及ぶかもしれませんのに」

「そこは集団心理を上手《うま》く突いたといったところでしょうか。エイプリル嬢はこうも言ってました。『ルドルフ殿下に対して思うところがあるのは、婚約者のリズベット様を除けば全員同じ。それに、ルドルフ殿下をよく思っていない程度で処罰されるようなことはない』と」

「ああー……」

まあ、大勢いれば気が大きくなって大胆なこともできるようになるか。

「シーラ嬢のおかげで色々と分かりましたけど、それだけのことをよく調べましたね……」

「えへへ、私もアンデション家の者ですから。些細《ささい》な情報でも手に入れることができるように、それなりに目と耳はおります」

確かにアンデション辺境伯家は隣接しているノルディア王国と丁々発止と渡り合っているわけだから、後継者であるシーラにそれだけの資質が備わっていて当然か。

だけど、そうすると逆に気になるのは、どうして僕達がそれだけの情報を手に入れられなかったのかということだ。

正直、皇宮であろうが学園であろうが、より多くの情報を持っている者こそが有利に立ち回ることができる。

ヴィルヘルムやフレドリク、オスカルよりも有利に。

だからこそ。

「……腑に落ちない」

「？　ルディ様？」

「え？　……ああいえ、すみません。ちょっと考え事をしてしまいました」

「そうですか……」

僕が慌てて取り繕うと、リズは不思議そうに首を傾《かし》げた。

「それにしても貴重な情報をいただき、助かりました。シーラ嬢、ありがとうございます」

「いえいえ、ルドルフ殿下のお役に立てて何よりです。これからも、私にできることがあれば何でもおっしゃってください」

そう言うと、シーラがテーブルにのせている僕の手にそっと触れた……って。

「むううううう！」

おっといけない。リズが嫉妬で頬《ほお》を思いきり膨らませてしまったよ。可愛《かわい》いが過ぎる。

そして、そう思ったのは僕だけではなかったようで。

「はあああ！　リズベット様の嫉妬するお姿、捗《はかど》ります！　バゲットおかわり！」

……冗談抜きで、シーラをリズに近づけるのはやめよう。そのうちとんでもないことをしでかしそう。


「ルドルフが生徒会室にまた来てくれるなんて思わなかったよ」

放課後になり、僕は一人生徒会室を訪れた。もちろん、事の真相を確認するためだ。

僕達の目的をオスカルも理解しているようで、彼は苦笑しながら部屋の奥へと案内する。

その途中。

「…………」

生徒会会計のクリステルが、僕を睨みつけていた。

ヴィルヘルムに懸想し、妹であるエイプリルを使ってあんな怪文書を送った彼女。ここに来ると決めた時点で、こんな反応がくることは想像していたよ。むしろその日のうちに僕が来ることは予想していただろうに、逃げずにここにいることのほうが驚きだ。

「それで、本当にヴィルヘルムを生徒会から追放するのですか？」

「もちろんだ。あの男は、この僕を裏切った」

席に着くなり僕が開口一番で尋ねると、オスカルは険しい表情を浮かべてそう告げた。どうやらかなり根深いことのようだ。

「ですが、急にどうしたんですか？　ヴィルヘルムが兄上を陥れようとしたと伺いましたが……」

「そのとおりだ」

オスカルは傍《そば》にあった羊皮紙を手に取ると、何かを書き始める。そこには、『他の二人に聞かれるのはまずい。改めて連絡するので、この場では適当に相槌を打て』と記されていた。

「ですが、それは大変ですね……副会長がいなくなったら、生徒会が回らなくなるのでは？」

「そうなんだよ。だからルドルフが入ってくれると助かるんだけど」

「あ、あはは―……」

そんな他愛《たわい》のないやり取りをし、僕は席を立つと。

「頼むぞルドルフ。これからは、僕とお前でこの学園を……いや、帝国を盛り立てていくんだ」

「そ、そうですね……」

オニキスの瞳を輝かせて肩に手を置くオスカルに耐えきれず、僕はサッと目を逸らす。

いい加減、僕のことは諦めてほしいけど、多分言っても聞かないだろうなあ。

そんなことを考えながら、生徒会室を後にした。

すると。

「お待ちください」

僕を呼び止める、女子生徒の声。振り返ると、案の定クリステル嬢だった。

「何ですか？」

「……私はあなたを絶対に許さない。姑息《こそく》な真似をしてヴィル様の居場所を……いいえ、私からヴィル様を奪った、あなたを」

……彼女は何を言っているのだろうか。

これじゃまるで、僕がヴィルヘルムを生徒会から追い出したみたいじゃないか……って、多分そう思っているんだろうな。知ったことじゃないけど。

「仮にそうだとして、あなたに何の関係が？」

「関係あります。……まあいいです。ヴィル様の居場所は、この私が作ってみせる。そしてこれからの学園を盛り立てていくのは、ヴィル様と私です」

おおう……彼女、オスカルを追い落としてヴィルヘルムを生徒会長に擁立するつもりか。

ヴィルヘルムの女たらしがクリステルを暴走させたのか、オスカルに思ったより人望がないのか分からないけど、いずれにせよ彼女、面倒くさい上に愛が重そう。リズには負けるけど。

「じゃあ、僕はそれを最前列の席で傍観させてもらいますよ」

そんな皮肉を告げて踵《きびす》を返し、背中に忌々しげな視線を受けながら、僕はその場を後にした。


「ま、誠に申し訳ありませんでした！」

学園寮に帰った僕は、すぐにアンネを呼び出した。

理由はもちろん、ヴィルヘルムの監視を担当している彼女が、なぜ僕達への報告を怠ったのかを問い質《ただ》すために。

だというのにアンネは、先ほどから平伏して許しを乞うばかりで話にならない。

「悪いがこれは謝って済む話じゃない。それに、僕は知りたいんだ。なぜ君がシーラ嬢でも知っている情報を見逃したのか、それとも、知っていながら報告をしなかったのか」

アンネがどちらの失態を犯したのかによって、僕は彼女に対する扱いを変える必要がある。

彼女にはヴィルヘルムの監視だけでなくリズの身の回りの世話、必要に応じて僕達の使いもしてもらっているため、前者であれば単純なミスということで今回に限り許そうと思う。

だが、もし後者であった場合は……。

「アンネ、早く答えなさい」

「は、はい……」

いつにも増して冷たい視線を向け、詰問するマーヤ。

彼女も、僕と同じ疑念を抱いているのだろう。

「その日はたまたまファールクランツ家に行っておりまして、ヴィルヘルムの監視に空白の時間ができてしまいました。本当に申し訳ありません……」

僕が振り返りマーヤを見ると、彼女は静かに頷いた。どうやらファールクランツ家に赴いていたのは本当のことらしい。

「だけど、他の生徒達もヴィルヘルムとオスカル兄上のやり取りを知っている状況下で、そういったことを把握していないこともおかしい。ヴィルヘルムにしても、この件で何かしらの動きなどがあったはずだ」

「は、はい……」

「ルドルフ殿下、申し訳ございません。今回の件に関しましては、私の監督不行き届きでもあります。処罰に関してはこのマーヤも一緒に」

アンネの隣で同じく平伏し、謝罪するマーヤ。

ハア……こんなの、許すしかないじゃないか。

「……マーヤに免じ、今回のことについてはこれ以上言わない。だけど、次はないよ」

「は、はい！　本当に申し訳ございませんでした！」

「申し訳ありませんでした」

マーヤとアンネが、二人揃《そろ》って床に額を擦《こす》りつける。別にそんなことをしてほしくないし、むしろマーヤにこんなことを強いる結果になってしまい、頭が痛くなってくる……。

「もういいから。アンネ、行っていいよ」

「し、失礼します！」

アンネは立ち上がって深々とお辞儀をすると、少し慌てた様子で部屋を出ていった。

「さて……マーヤ」

「はい……」

彼女も自分のしたことを理解しているのだろう。いつもの様子とは程遠く、神妙な顔でうつむく。

「今回はあくまでもマーヤだから許したんだ。だから……もし次があったら、その時は君がいくら謝ろうともアンネを切る」

「……もちろんです。そうならないよう、私も彼女に注意を払います」

「ならいい。だけど……どうして君は、彼女をそこまで庇《かば》うんだ？　こう言ってはなんだけど、ファールクランツ家の諜報《ちょうほう》員にしては今回の件はお粗末すぎる。まるで、あえて僕達に情報を流さないようにしているかのように」

「……………………」

マーヤは唇を噛《か》み、右手で左の二の腕を強く握る。

やはり、彼女とアンネの間には何かあるみたいだ。

「マーヤ、君ももう休んでいいよ。また明日から、いつもどおりよろしくね」

「……はい、失礼します」

そう言うと、マーヤはうつむいたまま部屋から出ていった。

「ふう……」

僕はベッドに寝転がり、大きく息を吐く。

もしヴィルヘルムの監視役がマーヤで、同じようなことになったら僕は咎《とが》めることなく許していたと思う。

でも、悪いけどアンネに関しては信用できない。

もちろんファールクランツ侯爵が僕達のために用意してくれた諜報員だし、僕が気にしすぎるだけで、そういった心配は皆無なのかもしれない。

「だけど……今回のことはあり得ない」

そう……他の生徒達ですら知っているようなことを、ヴィルヘルムを常に監視しているはずのアンネが何も知らないなんてあり得ないんだ。

実技試験のことについてもそうだ。ロニーやエドガーの嘘《うそ》の報告を真《ま》に受けることなく、ヴィルヘルムは僕との試合を避けた。なら、アイツは僕の実力を正確に把握していたということになる。

じゃあ、誰が僕の本当の実力について報告したのか。

ロニーとエドガーが真実を打ち明けたというのなら、あの二人が実技試験の次の日から授業を欠席し続けている理由がない。

何よりあの二人は、ヴィルヘルムにやられた怪我《けが》で今も病床で苦しんでいるのだから。

このことはマーヤに調べてもらったので間違いない。

「いずれにせよ、僕はマーヤを信じるだけなんだけどね」

そう言うと、僕は肩を竦《すく》めてクスリ、と笑った。

三百年前のこの世界に転生し、リズとの懸け橋になってくれたマーヤ。彼女がいなければ、僕はリズのことを『ヴィルヘルム戦記』の〝氷の令嬢〟と同じだと誤解し、決して交わることはなかっただろう。……いや、それどころか今頃は敵対していたかもしれない。

リズと心を通わせた今の僕がいるのは、全てマーヤのおかげなんだ。

それだけじゃない。

僕の初めての専属侍女として仕えてくれて、これまでどれだけ助けてくれたことか。

ちょっと僕やリズを揶揄《からか》ってきたりするところは玉《たま》に瑕《きず》だけど、そんなくだらない掛け合いだって僕にはとても大切なもの。

だから。

「……マーヤにだったら、たとえ裏切られたとしても許してしまうだろうな」

「私がルドルフ殿下を裏切るなど、絶対にあり得ませんが」

「そうそう、マーヤが僕達を裏切るなんて考えられ……って!?」

どうしてマーヤが、シレッと隣で寝転んでいるの!?

「本当にルドルフ殿下は仕方ありませんね。リズベット様という素晴らしい婚約者がいらっしゃるにもかかわらず、専属侍女で超絶可愛い私にまで想いを寄せてしまわれるとは……」

「いやいやいや!?　ちょっと待って!?　なんでそういうことになるの!?」

「ですが、そこまでお求めになられるのであれば、このマーヤ＝ブラント、ルドルフ殿下に身も心も……」

「だから話を聞いてくれる!?」

おもむろに服を脱ぐ仕草を見せるマーヤを、僕は慌てて止める。

いくら彼女が揶揄《からか》っているのだと分かっていても、僕は健全な十五歳男子なので色々と大変なのですよ。

「むう、仕方ありませんね」

マーヤは口を尖《とが》らせて身なりを整える。というかそれはこっちの台詞《せりふ》なんだけど。

「それで、部屋から出ていったはずのマーヤが、どうして僕のベッドにいるのかな？」

「ルドルフ殿下の先ほどの問いに答えるためです」

「先ほどの問い？」

「はい……聞いてくださいますでしょうか。私とアンネの関係について」

マーヤは正座をして居ずまいを正し、アメジストの瞳で僕を見つめ、訥々《とつとつ》と語り始めた。


今から七年前、アンネはファールクランツ侯爵家に諜報員となるべく連れられてきました。

それが、私と彼女との最初の出会いです。

ボロボロの服を身にまとい、痩せこけ、その藍《あい》色の瞳は世界の全てに対する怒りと憎しみで満ち溢《あふ》れていました。

まるで、かつての私のように。

彼女の背景を尋ねると、私の師匠である執事長の〝モルテン〟様が帝都の貧民街で拾ってきたとのこと。

その時は、相変わらず私の師匠はお人好《ひとよ》しだと思いました。

とはいえ……そのお人好しの師匠のおかげで、今の私がいるのですが。

「そういうことだからマーヤ……あなたが、彼女の面倒を見てくれるかしら」

「かしこまりました」

奥方様の命《めい》により、私は正式にアンネのお世話をすることになりました。

といっても諜報員としての技術と心構えは全て師匠が教えることになるので、私は侍女としての日々の指導をするだけですが。

特に。

「そうじゃありません。私達は、常にお館《やかた》様や奥方様、そしてリズベット様のことを考え、行動するのです」

「………………」

今まで貧民街で生きてきたアンネには、私の言っていることはすぐに理解できませんでした。

でも……お館様や奥方様、何よりリズベット様と接していけば、自《おの》ずと変わることは分かっておりました。

　だって。

「……私は今忙しいのです。だから、あなた達も私に構っていないで、休憩でもしていなさい」

「ありがとうございます」

「あ……ありがとう、ございます……」

　リズベット様はいつもそんなことをおっしゃって、私達のためにお菓子まで用意してくださるのです。

　お菓子をどこに隠し持っていたのかは後で問い詰めましたが、ツン、と澄ましながらも私達がお菓子を食べるのを、今か今かと待ちわびている姿は、愛くるしくて仕方ありません。その姿、ぜひともルドルフ殿下にもお見せしたかったです。

　本当に……私はリズベット様のおかげで、救われたのですから。

　そして私はルドルフ殿下の専属侍女となり、さらに満たされることになりました。

　ファールクランツ家の諜報員として皇宮内に潜入し、素性を隠して騙《だま》していた私に、まさかルドルフ殿下があのように平伏して感謝されるとは思いもよりませんでした。

　それからも、殿下は世間の評判とは程遠く、一介の侍女に過ぎないこの私に過分に目をかけてくださいました。それは、お逢《あ》いしてから二年以上過ぎた今も変わらず……いえ、あの時以上に。

　だから私は、アンネにも同じように幸せになってほしかった。

　ファールクランツ家に仕える前の、遺児で世界の全てを呪っていた私ですら心の底から救われた、ルドルフ殿下とリズベット様がいらっしゃる世界を知ってほしかったんです。

「……それで私はお館様にお願いし、アンネをリズベット様の侍女にしていただきました。最初は難色を示されたお館様ですが、何度もお願いして聞き入れてくださったのです」

「そうか……」

マーヤは過去の自分と重ね合わせ、アンネにも幸せになってほしくてリズの侍女に推薦したのか。

きっと彼女にとって、アンネは自分の分身であり、妹のような存在なんだろうな……。

「ルドルフ殿下、アンネはこの私が責任を持って管理します。ですからどうか、殿下のお情けをいただけ……っ!?」

「そんなことをしなくても大丈夫だよ。マーヤの妹なら、大切にするに決まってるじゃないか」

僕の言っていることは甘いってのは分かっているんだけど、大切な侍女がここまで必死にお願いしてくるんだ。なら僕は、彼女の望むとおりにしてあげるだけだ。

これくらいしか、僕はマーヤに報いることができないから。

「ありがとう、ございます……」

「ううん、こちらこそありがとう。優しいマーヤが僕の侍女で、本当に嬉《うれ》しいよ」

そう言うと、僕はニコリ、と微笑《ほほえ》んだ。

まあ、不安がないと言えば嘘になるけど、その時はその時だ。リズとマーヤがいてくれれば、それだけで何だってできるから。

あ、でも。

「せっかくだから、アンネを許すかわりに一つだけお願いを聞いてもらおうかな」

「お願い、ですか……？」

「うん。いつも僕のことを『ルドルフ殿下』って呼ぶけど、なんだか壁を作られているようで嫌なんだよね。だから君も、リズみたいに僕のことをルディって呼んでよ」

「な……っ!?」

え？　なんでマーヤ、この世の終わりみたいな顔をしているんだろう。

「ルドルフ殿下、私も命が惜しいのでそれだけはどうかご容赦ください」

「ええー……」

なんで僕のことをルディって呼ぶだけでそんなことになるんだよ。意味不明すぎる。

「そういうことなので、もし私のことを大切に想ってくださるのであれば、引き続きルドルフ殿下と呼ばせてください」

「う、うん……」

まあ、無理強いするわけにもいかないし、マーヤがそう言うなら受け入れることにしよう。

「長話をしてしまい、申し訳ございませんでした。それではごゆっくりお休みくださいませ」

「うん。君もね」

「はい……………………ルディ様」

「え!?　い、今、僕のこと……」

手を伸ばして引き留めようとするよりも先に、マーヤは部屋から出ていってしまった。

「ええと、ここで間違いないよね……」

次の日の早朝、僕は学園寮の裏庭にある倉庫に来ている。

実は今朝起きて、僕の部屋に差し込まれていた手紙を見つけたのだ。

『朝六時に、学園寮裏庭の倉庫に来るように』

差出人は書かれていなかったけど、おそらくオスカルだろう。昨日、改めて連絡するって筆談していたし。

ただ。

「僕が早起きだからよかったものの、下手をしたら手紙に気づいた時には時間を過ぎていたよ」

などと呟《つぶや》いてみるものの、きっとオスカルは僕が朝の訓練で早起きなのを知っていたんだろうな。

そんなことを考えながら、ぼんやりと朝日を眺めていると。

「すまない。待たせたね」

「いえ、僕も今来たところです」

オスカルめ、早朝から爽やかに現れたな。

「それで、昨日の続きですが……」

「ああ。実は……」

オスカルはヴィルヘルムとの事の顛末《てんまつ》について、備《つぶさ》に教えてくれた。

元々、生徒会にはヴィルヘルムではなく双子の兄であるパトリックが所属しており、オスカルはこの兄と懇意にしていた。

皇位継承争いにおいても、密《ひそ》かにスヴァリエ公爵家の支持を取り付けていたらしいが、パトリックが不慮の事故によって急逝し、それも白紙となってしまう。

そこでオスカルは、同じ生徒会役員であるデリックとクリステルの推薦もあり、ヴィルヘルムを生徒会に迎えたのが三か月前のことだった。

「僕としてもフレドリク兄上と皇位継承争いをしている以上、スヴァリエ公爵家を自分の派閥に引き入れることは非常に魅力的だ。だからパトリックとの約束を含め、ヴィルヘルムに秋波を送った。だけど……」

「何かあった、んですよね」

「ああ、そうだ。あの男は僕に二つの条件を突きつけた。一つは、僕が次の皇帝となった際に、スヴァリエ領の税の支払い免除と自治権の承認。二つ目は、ルドルフ……お前の排除だ」

「ああー……」

なるほど……ヴィルヘルムは、帝国からの独立を視野に入れているんだな。

確かに『ヴィルヘルム戦記』でも、スヴァリエ家は帝国に対し臣下の立場を取っているものの、実際は独立国家としての様相を呈していた。事実、税収などが全てスヴァリエ家に納められたことで挙兵するだけの資金などが確保できたとのくだりもあったし。

そして、リズを手に入れるために僕は邪魔な存在。なら、あらゆる手段を講じて僕を追い落とそうとするか。

「ですがスヴァリエ家の独立は少々痛いものの、次の皇帝になれるのであればオスカル兄上としては呑めない要求ではないと思いますが……」

「自分の排除も条件になっているというのに、ルドルフも言うね。お前の言うとおり、僕はヴィルヘルムの条件を呑む方向で考えていたよ」

「だったら……」

「だがあの男は、最初から僕を騙すつもりだったんだよ。その証拠に、ヴィルヘルムはフレドリク兄上とも裏で手を結んでいたんだ」

「っ!?」

フレドリクとヴィルヘルムが繋《つな》がっていた……？

「そ、それは本当ですか!?」

「間違いない。フレドリク派の中に忍び込ませている貴族から、そう報告があった。最初は僕も耳を疑ったけどね」

オスカルは苦虫を噛《か》み潰《つぶ》したような表情で、吐き捨てるように言った。

まだ事実確認をしたわけじゃないからなんとも言えないけど、もしオスカルの言葉が本当だとしたら、僕はフレドリクと……アリシア皇妃と袂《たもと》を分かたねばならない。

初めて知った、あの母の温《ぬく》もりを……。

「それだけじゃない。あの男は……あの男は、こうも言ったんだ！『偽りの皇族である殿下がスヴァリエ家の力で皇帝になれるのですから、これほど痛快なことはないのでは？』とね！」

これほどまでに憎悪に満ちた表情を浮かべたオスカルを、僕は見たことがない。

オスカルにとってヴィルヘルムの一言は、どれほど屈辱的だっただろうか。

「だから僕はあの男を切り捨てることにした！　帝国最大の規模を誇るスヴァリエ公爵家だろうが、そんなことは関係ない！　僕は……僕は、絶対にあの男を許さない……っ！」

「オスカル兄上……」

どうしてヴィルヘルムがオスカルに対してそのようなことを言ったのか、理由は分からない。オスカルを利用価値がないと判断したのか、あるいはフレドリクと手を握ったことでオスカルに与《くみ》する必要がないと考えたのか。

いずれにせよ、フレドリクとオスカルそれぞれと手を結び暗躍していたことがこれで明らかになった。


――内に秘める、バルディック帝国簒奪《さんだつ》の野心も。


「ルドルフ、お前はヴィルヘルムを切り捨てるよう、生徒会室で進言してくれた。つまりお前もヴィルヘルムと敵対する側。そんなお前が、このままフレドリク兄上に与する必要があるのか？」

「それは……」

「なら、今度こそ僕の手を取ってくれ。少なくとも僕は、お前が最も忌み嫌っているヴィルヘルムと手を結ぶことだけは絶対にない」

さあ、どうする……？

ヴィルヘルムがフレドリクについた以上、僕としても彼に肩入れすることは絶対にできない。

だけど、オスカルの言葉だけで判断するのは早計だ。

なら。

「……まずは、自分なりに事実確認をしてみます。その上で、どうするか判断しましょう」

「ルドルフ……」

「ですが、これだけははっきりと言えます。僕は絶対に、ヴィルヘルムとだけは相容《あいい》れない」

これは、オスカルに向けた僕の宣言。

もしフレドリクがヴィルヘルムと繋がっていたら、その時は彼と袂を分かち、オスカルに与することを。

「分かった……お前も自分の目と耳で真実を知ったほうがいいだろうしね」

「はい。では、失礼します」

「いい返事をくれることを期待して待ってるよ」

オスカルに見送られ、僕はその場を後にする。

「さて……今日は授業を受けるどころじゃなくなったな。いずれにしても、今後のことを含めてリズとマーヤに相談しないと」

そんなことを呟き、僕は自分の部屋へと戻った。


「そうですか……あの屑《くず》が、オスカル殿下だけでなくフレドリク殿下とも繋がっていたのですね」

「はい……」

僕は学園寮にある一室で、リズとマーヤにオスカルとの会話の内容について話した。

なお、アンネには引き続きヴィルヘルムの監視をしてもらっているため、この場にはいない。

「それで、ルディ様としてはどうなさるおつもりなのですか？」

「やはり事実を確かめないことには動きようがありません。なのでフレドリクが本当にヴィルヘルムと繋がっているかどうかを確認しつつ、この際ですのでヴィルヘルムが看過できないようなことでもしてやろうかな、と」

「「看過できないようなこと？」」

「ええ」

僕はリズとマーヤを手招きし、耳打ちする。

「……なるほど、それは素晴らしいですね」

リズが顔を綻《ほころ》ばせ、嬉しそうに頷く。きっと僕の婚約者なら賛成してくれると思ったよ。

一方で。

「ですがルドルフ殿下、その選択はかなり危うい賭けになると思われますが……」

マーヤは心配そうな表情を浮かべた。うんうん、やっぱりマーヤは分かっているね。

「もちろん分かっている。でも、僕はこれこそが最善策だと判断した」

僕が二人に提案したのは、フレドリク派でもオスカル派でもない僕だけの派閥……ルドルフ派を興すこと。

ありがたいことに僕にはファールクランツ侯爵がついてくださっているし、そのことからいくつかの貴族は僕に与してくれることだろう。

特に、元ロビン派の貴族達は。

第三勢力となった僕の派閥は、彼等にとっての受け皿になる。既に体制が整っているフレドリク派やオスカル派に今から加わったところで末席に追いやられ、いい思いをすることはできないだろうし。

立ち上げたばかりの僕の派閥に入れば、万に一つの好機を窺《うかが》うことだって可能になるんだ。少しでも野心があれば、一《いち》か八《ばち》かに打って出るに決まっている。

「少なくともファールクランツ侯爵がいる僕の派閥はフレドリク派、オスカル派にとっても魅力的だし、貴族達も僕が次の皇帝になるなんて思ってはいなくても、僕の派閥と手を結ぶことで少なくともフレドリクやオスカルの派閥に入るよりかは良い扱いを受けられるから」

「それはそうですが、今度はそれをよく思わない者達がルドルフ殿下に危害を加えるでしょう」

「そうだね。でも……やるしかない」

何より、僕の派閥ができることによってヴィルヘルムの実家であるスヴァリエ公爵家の重要度は下がる。そうなれば、必然的にヴィルヘルムの発言力も弱くなるんだ。

そうしてスヴァリエ家を帝国内で孤立させてしまえば、アイツの野望を潰すことにも繋がる。

「だから二人とも、どうか僕に協力してほしい。僕達の未来のために」

「ふふ……もちろんです。私はいつでもルディ様と共に」

「ハア……仕方ありませんね」

蕩《とろ》けるような微笑みを浮かべ僕の手を握るリズと、やれやれといった表情で肩を竦めるマーヤ。

二人がいてくれれば、僕は何だってできるよ。

「それでは早速、取りかかりませんと！　まずは派閥に加わっていただけそうな家にお声がけしましょう！」

「その前に、お館様にこの件について報告しませんと」

ということで、僕達はルドルフ派閥を設立するために奔走することになった。

まずは。

「ふむ……ルドルフ殿下の派閥、ですか」

「はい。二つの派閥の間で暗躍するスヴァリエ公爵家の動きなどが見受けられますし、それを牽制《けんせい》する意味でも僕の派閥は有効に機能すると思います」

ファールクランツ家の屋敷に赴き、僕達はファールクランツ侯爵の説得にかかる。

そもそも侯爵がいるからこそ僕の立ち位置が確保できているので、ファールクランツ家の後ろ盾を失えばあっという間に皇宮内で最底辺の扱いを受けることになるだろう。

なので、祈るようにファールクランツ侯爵を見るが。

「もちろん構いません。それに私も殿下には少しくらいは野心を持っていただきたいと思っておりましたからな」

「あ、ありがとうございます！」

ファールクランツ侯爵に快諾してもらい、僕は深々と頭を下げた。

よし、これで最初にして最も重要な障壁を乗り越えることができたぞ。あとは派閥に加わってくれそうな貴族の勧誘と、アリシア皇妃の説得……って。

「あ……」

僕の頭が、ごつごつした大きな手で優しく撫《な》でられる。

顔を上げると、ファールクランツ侯爵が微笑みを浮かべていた。

「はは……殿下は少々考えすぎるところがあります。そんなことは気にせず、好きになさるといい。何かあれば、その時は父であるこの私が出張るだけなのですから」

「は、はい……っ」

そうだ。僕はリズと結婚し、ファールクランツ侯爵が父上になってくださるんだ。

こんなにもすごい父上が見守ってくださるのだから、僕は全力でやるだけ……って!?

「お父様、ルディ様は私のものですよ？」

「む……まさか娘から嫉妬されるとは思わなかったな」

僕を奪うように抱きしめ、リズが父であるファールクランツ侯爵に釘《くぎ》を刺す。い、いやいや、これくらいで嫉妬しなくても……でも嬉しい。

「さあ、ここでの用事は済みました。早く次へまいりましょう」

「うわわ!?　そ、その、ありがとうございました！」

「う、うむ……」

強引にリズに引っ張られ、僕はファールクランツ家を後にする。

おかげで侯爵が、ものすごく微妙な顔をしていたよ。

「まあ！　でしたらアンデション家も、ルドルフ殿下の派閥の末席に加えてください！」

食堂のテラス席で派閥のことについて持ちかけると、シーラがこれ見よがしに大声でそんなことを言ったよ。

　おかげで僕達、ものすごく悪目立ちしている。

「そ、その、そんな簡単に安請け合いしていいんですか？」

「もちろんです！　元々アンデション家は、ルドルフ殿下の派閥に加わることを見返りに提案していたくらいですので！　むしろ当初の予定どおりです！」

　たしかにそうかもしれないけど、それにしても不安になるほどにノリが軽い。

「それより早く食堂に行きましょう！　今日はお二人が出席されないのかとひやひやしました」

「え、ええー……」

　この後も、アリシア皇妃のところに事情説明に行ったりオスカルにも話を通したりしておかないといけないっていうのに、まさかここで足止めを食うとは……。

「ですがリズベット様、ルドルフ殿下が派閥を作ることに関してはよろしいのですか？」

「もちろんです。ルディ様の人となりを考えれば、むしろ遅すぎたほどです」

　シーラの問いかけに、リズは胸を張る。ちょっと誇らしげな顔が可愛い。

「確かにルドルフ殿下が優れた御方だということは、ロビンの一件でよく分かりました。それこそリズベット様という理想の女性がいなければ、この私が婚約者に立候補したいくらいに」

「っ!?」

その一言が放たれた瞬間、周囲の温度が急激に下がる。

う、うわあ……シーラ、命が惜しくないのかな……。

「……面白いことをおっしゃいますね。シーラさんは、私のルディ様に懸想していらっしゃるということですか？」

「えへへ、それだけ魅力的な御方だということです。ですがそれは、リズベット様が殿下のお隣にいらっしゃるからこそだとも思っていますよ」

ニコリ、と微笑みシーラが答えた瞬間、すぐに周囲の温度が元に戻る。

な、何というか、リズの扱いが上手だなあ。

「どうやらシーラさんは、私とルディ様のことをよくご存じのようですね」

「えへへ！　もちろんです！　リズベット様推しですけど、カプ推しでもありますから！」

「「？」」

シーラが何を言っているのか理解できないけど、まあ彼女が楽しそうなら何よりだよ。

「それで、アンデション家としてもルドルフ殿下の派閥に入るということで、何か見返りはいただけるのでしょうか？」

「見返り、ですか……」

「はい！」

確かに僕に与する以上、何かしらのメリットがないとついてきてくれないか。

それは、これから派閥に加わる貴族達に対しても同じで、見返りを用意してあげなければ。

「……僕の振る舞い方一つで皇位継承者が左右される立場になりますので、少なくとも次期皇帝が決まればかなりの見返りは約束できます。しかも、僕を次期皇帝に担ぐ必要はありませんので、他の派閥と比べてもかなり楽に」

「それは魅力的ですね。ですが、私が求めるのはそういったものではありません」

「というと？」

「それは……」

「っ!?」

シーラの求める見返りに、僕とリズは思わず息を呑む。

え、ええー……それ、見返りっていうのかなあ……。

「……無理でしょうか？」

「っ!?　い、いえ！　その程度のことでしたら！　リズも構いませんか？」

「もちろんです。むしろ望むところです」

話を振ると、リズは鼻息荒くやる気に満ちている。というか、アクアマリンの瞳が妖しく光っているんですけど。

「では、お願いします！」

「は、はい……」

ということで。

「はああああああ……！　捗ります！　捗りますよ！　バゲットおかわり！」

「ふふ……ふふふふふ……素晴らしいです……！」

リズをお姫様抱っこして頬を寄せると、シーラはバゲットを両手に持って齧《かじ》る齧る。

片やリズはといえば、口の端を吊り上げて最高にご機嫌な様子。

「素晴らしいです！　次は四つん這《ば》いになった殿下の背中にリズベット様が座る感じで！」

「それもいいですね……！」

……まあ、二人が楽しそうだからいいか。

とはいかなかったようで。

「ルドルフ殿下」

僕達の席に現れたのは、エイプリル……クリステルの妹だった。

「その……どうしたのかな？」

「殿下はご存じなんですよね？　私が『ルドルフ殿下がオスカル殿下を操り、この学園の支配を画策している』と吹聴したことを」

まさか犯人自ら名乗り出てくるとは思いもよらなかった。

だけど彼女の険しい表情を見る限り、自分のしたことについて悪びれている様子はない。

なら彼女は、一体何の用で僕に話しかけてきたんだろうか。

「知っていますか？　ルドルフ殿下がなさっていることで、苦しんでいる者が大勢いることを」

「申し訳ないが、エイプリル嬢が何を言いたいのか分からないんだけど」

「そうでしょうね。ルドルフ殿下にとっては私達の存在など、取るに足らないでしょうから」

「……あなた、いい加減にしたらどうですか？　これ以上ルディ様を侮辱するのであれば、容赦いたしませんよ」

「っ!?」

エイプリルに向け、リズが殺気を放つ。

並の者ならそれだけで恐怖で腰を抜かしてしまうだろうけど、エイプリルは膝が笑ってはいるものの必死に耐え、なおも僕を見据えた。

「お姉様は……お姉様は、ルドルフ殿下のせいであの男に利用されてしまったんです！　だから責任を取ってください！」

エイプリルは、震える声で語り出す。

姉のクリステルがヴィルヘルムへの恋心を利用され、いいように使われていることを。

それらの全ては、この僕を貶《おとし》めるためのものであることを。

そのせいでオスカルからも見限られ、ヴィルヘルム同様生徒会から追放されてしまったことを。

「分かりますか？　ほぼ全ての貴族がフレドリク殿下とオスカル殿下の派閥に二分されている中、スヴェンソン家は切り捨てられてしまったんです！」

ああ……なるほど。オスカル派閥だったスヴェンソン家は見限られてしまったことで、帝国内に居場所を失ってしまったということか。

そのきっかけが、僕とヴィルヘルムの争いのせいだと、そう思っているんだろうな。きっとエイプリルも、クリステルから『全部ルドルフのせいでこうなった』と恨み節を吐かれていそうだし。

「なら、フレドリク兄上の派閥に乗り換えれば済む話じゃないのか？　そうすれば……」

「今さらですか？　しかもスヴェンソン家はオスカル殿下の派閥内でもかなり上の地位にいたんです。あの狡猾《こうかつ》なオスカル殿下が、フレドリク殿下の派閥に入ることを見逃してくれるはずがないじゃないですか……っ」

とうとう堪《こら》え切れなくなったエイプリルは、大粒の涙を零《こぼ》し始めた。

ヴィルヘルムに懸想してしまった姉のせいで進退窮まってしまい、もうどうしていいのか分からないのだろう。

彼女にできることは、せいぜい僕に怒りをぶつけることだけ。

「ハア……勝手なことを言いますね。クリステル嬢はともかく、あなたはこうなることが分かっていて、それでもあのような噂《うわさ》を流しておきながら」

「っ!? あ、あれは!」

「あれは?」

「……オスカル殿下がルドルフ殿下に秋波を送っていることはお姉様から聞かされていたので、知っていました。それに、私としてもお二人が手を結ばないほうが、スヴェンソン家の立ち位置が有利になると思って……」

「結局、あなたは自分のことばかり。このようなことになったのも、自業自得ですね。ルディ様、シーラさん、これ以上この愚か者に付き合っていられません。もう行きましょう」

「う……ぐす……ひっく……っ」

リズが冷たい表情で席を立つと、エイプリルはその場にへたり込み、嗚咽《おえつ》を漏らす。

シーラも同じ考えのようで、無言でリズの後に続いた。

だけど。

「……だったら、僕の派閥に入るかい?」

「「「っ!?」」」

口から零《こぼ》れてしまった、勧誘の言葉。

けどこれは、決して彼女に同情したわけじゃない。

「この者にそのような情けは無用です。何よりこの者は、私のルディ様を冒涜《ぼうとく》し、あろうことか罠《わな》に嵌《は》めようとしたのですから」

「私もそう思います。それに、そのような甘いことをおっしゃられるのであれば、ルドルフ殿下の派閥の行く末に疑問を持ってしまいます」

そう言って僕に冷たい視線を向けるリズとシーラ。二人からすれば、この反応は頷ける。

「別に僕は君達が思うような、彼女に情けをかけるために誘ったんじゃない。こうすることがヴィルヘルムを追い詰めることになると思ったし、エイプリル嬢への罰にもなると考えたからだ」

そう……ヴィルヘルムはクリステルの恋心を利用していいように使ったつもりだろうけど、その結果、僕はアイツから離反した貴族を手に入れることができる。

オスカルもこのことについて、そこまで問題にしないだろう。そもそも僕が皇位継承争いに興味がないことを彼も知っているし、この程度で僕という駒を諦めたりはしないだろうから。

「どうする？　スヴェンソン家が僕の派閥に入るということは、姉であるクリステル嬢を見限るということ。その覚悟が君にあるかな？」

「あう……」

クリステルが間違っていることやスヴェンソン家にとって不利になるリスクを知りながら、姉に加担してしまったエイプリルだ。きっと姉のことを慕っていたのだろう。

実際、生徒会会計を任されているということは、クリステルもそれなりの才女だと思うし。

家を取るか、姉を取るか。僕はその選択を迫る。

「言っておくけど、今を逃せば僕は二度とスヴェンソン家を派閥に誘うことはない。いったん持ち帰ってスヴェンソン伯に相談するなんて、そんな甘いことは考えないほうがいい」

食堂のテラス席に、沈黙が続く。

そして。

「……ルドルフ殿下。スヴェンソン家は、殿下と共に」

エイプリルは、姉を捨てることを選択したようだ。

「分かった。スヴェンソン家の加入を歓迎しよう」

僕が座ったままのエイプリルに右手を差し出すと、彼女はおずおずと手を取り、立ち上がった。

「リズ、シーラ嬢、そういうことですから」

「ルディ様の、お心のままに」

「えへへ。エイプリルさん、これからよろしくお願いしますね」

「あ……は、はい……」

シーラに笑顔で迎えられるものの、エイプリルの表情は晴れない。

家と引き換えに姉を切り捨てたのだから、喜べるはずがないよね……って。

「……本当にルディ様は甘いですね。ですが、私はそんなあなた様が大好きです」

そう耳打ちし、ニコリ、と微笑むリズ。

そんな僕の婚約者にどうしようもなく見惚《みと》れてしまったけど、それも仕方ないよね。

「……ということでして」

リズ、シーラ、そして新たに派閥に加わったエイプリルと別れ、僕は皇宮に赴いてアリシア皇妃に自分の派閥を作ることを報告した。

フレドリク派閥を実質取り仕切っているアリシア皇妃からすれば、僕のしたことは裏切り行為と取られてもおかしくない。

でも、それ以上に僕は、アリシア皇妃に確認しなければいけないことがある。その結果如何《いかん》では、本当に裏切ることになるだろうから。

「……ルドルフ殿下は、これからどうするつもりなの？　やはり皇位継承争いに名乗りを上げ、フレドリクと敵対する道を選んだ、ということかしら……？」

アリシア皇妃が鋭い視線を向けて尋ねる。

でも、その瞳には怒りよりも悲しさや寂しさを湛《たた》えていた。

「それは今からお尋ねすることへのお返事次第です。アリシア妃殿下……フレドリク兄上がスヴァリエ公爵家を自身の派閥に組み入れたというのは、本当ですか？」

「はい……？」

僕が覚悟を持って問いかけたというのに、アリシア皇妃は不思議そうな顔で呆けた声を漏らした。

あ、あれ？　この反応はどういうこと？

「少なくとも私は、フレドリクとスヴァリエ家が手を結んだという話は聞いたことはないわ。だってそんなことをすれば、獅《し》子《し》身中《しんちゅう》の虫となってしまうもの」

「え、ええと……」

僕は既にヴィルヘルムの本性を見抜いているから危険だと理解しているけど、アリシア皇妃はどうしてあの男……というか、スヴァリエ家を警戒しているのだろうか。

「スヴァリエ公爵は帝国最大の貴族であり、皇位継承権第四位の皇族よ？　野心を持っていてもおかしくはないし、何より……あの男は、確かに帝位簒奪を目論《もくろ》んでいるわ」

「え……？」

アリシア皇妃から放たれた、驚きの言葉。

ヴィルヘルムの父親が、帝位を狙っている……？

「以前から私はスヴァリエ公爵及びその周辺に監視をつけていたのだけど、数年前からあの男には怪しい動きがあったの。特にここ数か月の調査では、東のルージア皇国と秘密裏に取引していることが判明したわ」

「ルージア皇国……」

西方諸国にある列強国の一つであり、バルディック帝国に勝るとも劣らない、雪と氷に閉ざされた極寒の大国。それがルージア皇国だ。

『ヴィルヘルム戦記』においては、リズベットの手によってルドルフの暗殺が成功して内乱を治めたヴィルヘルムが、次に戦う相手。

それがまさか、スヴァリエ家と繋がっていた……？

「心配しないで。スヴァリエ公爵には常に目を光らせているし、帝国軍がいつでも動けるようにファールクランツ侯爵にも手配しているわ。万に一つも、あの男は何もできない」

「…………………」

アリシア皇妃は自信ありげにそう語るが、僕は不安で一杯になる。

歴史では弱冠十八歳にしてスヴァリエ家の当主となったヴィルヘルムが、皇帝と兄達を暗殺して帝位に就いた暴君ルドルフを打倒した。

じゃあ、ルドルフ率いる帝国に対して反旗を翻すほどの軍事力を、ヴィルヘルムはどうやって手に入れた？

ファールクランツ侯爵を味方につけたとはいえ、戦力はまだルドルフのほうが大きい。

それでも対抗していたということは、それ以前から内乱の準備を整えていたということに他ならない。

何より……ヴィルヘルムは、今年で十八歳。スヴァリエ公爵から次の当主を引き継ぐことは、歴史が証明している。

「……アリシア妃殿下のおっしゃることは分かりました。スヴァリエ家と手を結んでおられないのであれば、フレドリク兄上を裏切る道理はありません。引き続き、どうぞよろしくお願いします」

「ルドルフ殿下がそう言ってくれて助かります。これからも、あの子をよろしくね？」

心の底から安堵の表情を浮かべ、僕の手を取るアリシア皇妃。

その眼差しはまるで、フレドリクやロビンに向けるものと同じように感じられた。

「そ、その……ありがとうございます……」

「あら……うふふ、どうしてルドルフ殿下がお礼を言うのかしら」

そう言って、アリシア皇妃はクスクスと笑う。

僕は少し気恥ずかしくなり、勢いよく立ち上がると。

「それでは失礼します」

火照《ほて》った顔を見られないようにと、慌てて部屋を出ようとする……のだけど。

「あ、あの！　……用事がなくても、またお伺いしてもよろしいでしょうか……？」

寂しそうにするアリシア皇妃に、そんなお願いをした。

「っ！　……あなたは優しいのね。もちろん、いつでも歓迎するわ」

「ありがとう、ございます……」

笑顔を見せるアリシア皇妃に深々とお辞儀をし、今度こそ僕は部屋を出る。

すると。

「ルドルフ」

突然後ろから声をかけてくる、男の声。

この皇宮において僕を呼び捨てにする男は、今は二人しかいない。

「フレドリク兄上……」

「少々構わないか？」

あの合理主義……いや、利己主義のフレドリクが、この僕に何の用だ？

新年パーティーでの顔合わせの時ですら、僕と言葉を交わすことなく退席したというのに。

一体、何の目的で……。

「時間が惜しい。それで、どうなんだ？」

「……分かりました」

「うむ」

ということで、僕は先に進むフレドリクの後に続く。

だけど、自分から誘っておいて『時間が惜しい』はさすがにどうかと思う。こういう態度だから、フレドリク派の貴族がオスカルの陣営からの引き抜きに遭っているのだと理解したほうがいい。

などと考えている間に、僕はフレドリクが管轄する人《じん》馬《ば》宮《きゅう》へと連れてこられた。

「まあ、座れ」

「失礼します」

フレドリクの合図で、使用人がお茶を用意する。

僕はそれに手をつけずに、フレドリクを見据えると。

「それで、僕をここに連れてきた目的は何ですか？」

単刀直入に、そう尋ねた。

「なに、大した話じゃない……いや、そうでもないな。私もルドルフと話をする必要があったから、こうして来てもらったのだからな」

「…………………」

フレドリクが、お茶を口に含む。

それにしても……この男が何を考えているのか、全然分からないな。

「なあ、ルドルフ」

「……はい」

「率直に聞くが、私は皇帝の器だと思うか？」

「はい？」

思いもよらない質問に、僕は思わず声を上ずらせた。

いきなり何を聞いているんだ？

「ルドルフ、私に遠慮する必要はない。そのようなものは無駄だ」

「は、はあ……」

ええー……これ、どう答えたらいいんだよ。

正直に言うと、いくら優秀であったとしても合理性や自分を優先するあまり他の者達を置いてけぼりにするフレドリクは、皇帝の器ではないと思う。

そういう意味では、兄弟の中ではオスカルが最も皇帝に向いているとも考えられるけど、彼も彼で闇を抱えている。ちょっと甲乙つけがたいなあ。あ、もちろんロビンは論外だよ。

……まあ、とりあえず本音で話してみるか。

「申し上げにくいですが、フレドリク兄上は皇帝に向いているとは思えません」

「そうか……」

フレドリクは、窓の外を見やると。

「私も自分が皇帝の器であると、露《つゆ》ほども思っていない」

「え……？」

ど、どういうこと？

フレドリクは次の皇帝になりたくて、アリシア皇妃の力を借りつつ派閥を拡大し、オスカルと争っているんじゃないのか？

「意外だったか？」

「そ、それはもちろん……」

僕の答えに、フレドリクはしてやったりといった様子で、口の端を持ち上げた。

いやいや、リズに負けず劣らず鉄面皮だと思っていたのに、こんな表情も見せるのか。

「私とて、好きで皇帝になろうなどと考えているわけではない」

「ではなぜ……」

「皆がそれを求めるからだ」

「あ……」

フレドリクの予想外の心境の吐露《とろ》に、僕はどうしていいか分からず戸惑ってしまう。

だけど……フレドリクの立場を考えれば、そういうことなのかもしれない。

第一皇妃であり、国母であるアリシア皇妃からその立場を求められ、帝国内で自家を有利な立場にするためにすり寄る貴族達。

フレドリクは、そんな期待や思惑を全て背負っているんだ。

自分の思いに、蓋《ふた》をして。

「フレドリク兄上……どうしてその話を僕に？」

おそらくフレドリクがこんな話をしたのは、僕が初めてだろう。

なぜその相手が僕なのかは分からないけど。

「ルドルフ……お前はあの毒殺未遂事件以降、別人のように変わった。今までのお前は、まるで誰かに見せつけるかのように使用人達に当たり散らし、ロビンのいじめを黙って受け入れ、卑屈な視線を向けるのみ」

　それを言われると、僕も恥ずかしさで穴があったら入りたくなる。

　前世の記憶を取り戻す前の自暴自棄になっていたあの頃は、とにかく誰かに見てほしかったから。

　だけど……今の口振りだと、フレドリクは以前から僕を見てくれていたことになるんだけど。

「事件以降のお前は天蝎宮《てんかつきゅう》に蔓延《はびこ》る不正を糺《ただ》し、リズベット嬢と婚約したことで、あの誰にも与することがなかったファールクランツ卿の後ろ盾を得た」

「…………………」

「今はまだその背景や以前のお前の行い、それに実の母親であるベアトリスの所業によって、帝国内におけるお前の評価は低いままだ。だが」

　フレドリクが、琥珀色の瞳で僕を見つめる。

　そして。

「ルドルフ……私は、お前こそが次の皇帝に最も相応《ふさわ》しいと、そう考えている」

　フレドリクは、とんでもない一言を告げた。

「ちょ、ちょっと待ってください！　兄上もご存じのように僕は婚外子で、しかもベアトリスが皇帝陛下に頼み込んで、強引に皇位継承権が与えられただけの男なんですよ⁉」

　僕は勢いよく立ち上がり、まくし立てる。

　そもそも僕の皇位継承権がただのお飾りであることは、この僕自身が一番よく理解していた。

「それでも皇位継承権を持っていることは事実だ。当然ルドルフにも皇帝になる資格はある」

「で、ですが……」

どう見ても、フレドリクに折れる様子はない。

それが余計に、彼が本気であるということを意味していた。

だけど。

「……申し訳ありません。たとえ皇帝になる資格があるのだとしても、僕は皇帝になどなりたくないのです」

このままでは埒《らち》が明かないと感じた僕は、フレドリクに本音を告げた。

「なら、お前は何を目指す。それとも現在の立ち位置に甘んじ、排除されるその日まで無為に過ごすというのか」

フレドリクの視線が鋭くなる。

それに、今の言葉……ただやり過ごしているだけでは、二年前の毒殺未遂事件のように僕の命が狙われることを示唆していた。

つまりこれは、フレドリクなりの忠告……いや、思いやりなのだろう。

「いいえ、僕には憧れている人がいます。いつか……いつか僕は、その人の跡を継ぎたいのです」

そう……僕はファールクランツ侯爵のような、強さと優しさを兼ね備えた人物になりたいんだ。

だから、皇帝なんてくだらないものになんてなりたくなんかない。

「そうか……ルドルフは既に自分の行くべき道を見つけているのだな……」

「申し訳、ありません……」

肩を落とすフレドリクに、僕は目を伏せて謝罪した。

彼のその姿が、本気であったことを物語っていたから。

「ふう……いや、こちらこそすまなかった」

フレドリクは、顔を上げて逆に謝ってくる。

そのことが余計に、僕に罪悪感を植えつけた。

「フレドリク兄上……もし、皇帝になるのがお嫌ならば、いっそのことオスカル兄上に譲ってしまうというのは……」

「それだけは駄目だ」

僕の提案は、フレドリクによって一蹴された。

「お言葉ですが、兄上も僕も皇帝になりたくないのであれば、残るはオスカル兄上しかいません。それに、資質という点においても問題ないように思いますが」

「確かにオスカルは優秀であり、まだ帝立学園の生徒の身でありながらよく派閥の貴族達をまとめている。それに権謀術数に長《た》けているところも評価に値するな」

「なら……」

「……ルドルフは気づいていないかもしれないが、オスカルの抱えている闇は深い。あのまま皇帝となったあかつきには、いずれこの国に大きな影を落としかねない」

そうか……フレドリクはオスカルの闇を危惧しているんだな。

琥珀色の瞳を持つ皇族を世界中の誰よりも憎んでいる、オスカルの闇を。

でも僕は、帝立学園でオスカルに関わる機会が増え、少なからず彼がどのような人物なのかを理解した。

　オスカルは皇族を憎んでいるんじゃない。

　本当は……本当は、同じ家族になりたいのだということを。

　今まで愛人の子としてしか見てもらえなかった僕には、その気持ちが痛いほど分かるから。

　なら。

「……大丈夫ですよ」

「ルドルフ？」

「フレドリク兄上がこれまで本当の自分を隠してこられたように、オスカル兄上も本当の弱い自分を隠しているんです。なら、きっとお二人は手を取り合うことができる」

「………………………」

　僕の言葉に、フレドリクは視線を落とす。

　これまで皇位継承争いを繰り広げてきたオスカルを、すぐに受け入れることは難しいだろう。

　でも、これをきっかけに二人が歩み寄れば、あの『ヴィルヘルム戦記』のような最低の結末から逃れることができると、僕はそう信じている。

　何より、僕はもう暴君ルドルフではないのだから。

「ふう……少し考える時間をくれ」

「もちろんです。それに、歩み寄るのは片方だけでは意味がありませんから」

　フレドリクの真意を伝えれば、オスカルもひょっとしたら心を開くかもしれない。

　そのカギを握るのは、この僕だ。

「それにしても、てっきり僕はフレドリク兄上は自分以外の一切に興味がないのだと思っていました」

「そうだろうな。実際、私がお前達にそのような素振りを見せたことはないのだから」

そう言うと、フレドリクは苦笑した。

表情といい態度といい、僕の知っているフレドリクとはあまりにもかけ離れていて、目の前の彼は姿形こそ同じだがフレドリクとは別人だとしか思えない。

「なぜ、ですか……？」

僕は、色々な意味をその一言に込めて、フレドリクに尋ねる。

すると。

「……これが、私の精一杯の抵抗だ。母上や周りの者も、いずれ愛想を尽かすだろうという、願いを込めて」

「…………………………」

「だが私もまた中途半端でしかなかったということだ。ロビンや以前のお前のように振る舞えれば、もっと楽であったのにな」

そうか……フレドリクは、アリシア皇妃の愛情や期待も理解しているから、踏み出すことができなかったんだ。

自分の母親を、悲しませたくなくて。

これじゃ合理主義とか利己主義じゃなく、ただ不器用なだけじゃないか。

まるで、僕のリズみたいだよ。

「兄上……このルドルフ、常に兄上を支えることを誓います。ただし」

「ん？」

「いい加減、僕だけでなくアリシア妃殿下にも、その姿を晒していただければ、ですが」

フレドリクの本音を知った今、この僕が彼にわざわざ敵を作るような真似をさせるつもりはない。

何より……アリシア皇妃も、このほうが絶対に喜ぶと思うから。

「今さら難しいが……努力しよう」

「本当に、お願いしますね？」

「ハハハ！」

そう言って僕がおどけてみせると、フレドリクは声を出して笑った。


「……というわけでして」

学園寮に戻った僕は、皇宮でのアリシア妃殿下との面談、それにフレドリクとのやり取りについてリズとマーヤ、それにシーラに説明した。

「少なくともフレドリク兄上には歩み寄る気があるみたいですので、オスカル兄上の説得を試みましょう。そして」

「あの屑を、何としてでも止めなければなりませんね」

そう言うと、リズは険しい表情を見せる。

『ヴィルヘルム戦記』においてヴィルヘルムに騙されたリズは、あの男の口車に乗せられて僕を暗殺した。

……いや、そもそも『ヴィルヘルム戦記』に描かれていたバルディック帝国の内乱自体が、あの男によって仕組まれたものであることが、アリシア皇妃の言葉で明らかになったんだ。

なら僕は、偽りの英雄ヴィルヘルムの野望を打ち砕いて、本当の意味で暴君としてリズに殺される運命から逃れてみせる。

「そうなりますと、お館様にこのことをお話ししないといけませんね」

「いや、アリシア妃殿下はこの件についてファールクランツ閣下と連携を密にしていると言っていた。もちろん報告は必要だと思うけど、それよりも先に動くべきところがある」

「ルドルフ殿下、それは……？」

「帝国の西の雄、アンデション辺境伯から支援を取りつけること、そしてオスカルをこちらの陣営に引き入れ、一丸となってスヴァリエ公爵とヴィルヘルムの野望を砕くことだよ」

ということで。

「お任せください！　帝国の一大事となれば、アンデション家は全力でルドルフ殿下をお支えいたします！」

豊満な胸を叩《たた》き、力強く頷くシーラ。

アンデション辺境伯への取り次ぎをお願いしたはずなのに、どうしてこうなった。

「そ、そのー……シーラ嬢がそんなことを決めていいの……？」

「えへへ、もちろんです！　お母様からは『帝都でのことに関しては全権を一任する』と言われていますから！」

「そ、そう……」

ひょっとしたら次の当主として引き継ぎの意味も兼ねて権限を与えているのかもしれないけど、さすがにこれは、その権限をはみ出ていると思うんだけどなあ……。

「あ、もちろんこのことは内密にします。下手に外部に漏れて、向こうに手を打たれては話になりませんから」

「そうしてもらえると助かるよ」

「えへへ……ですが、せっかくですから見返りをいただきたいのですが」

「もちろん、全てが上手くいったあかつきには、功労者であるアンデション家には……」

「いえ、そうではなくて」

急に真顔になったシーラが、耳打ちする……って!?

「ななななな!?　ほ、本気!?」

「本気も本気です！　これ以上の報酬はありません！」

ま、まさかリズとその……く、口づけするところを眺める権利を見返りに求めてくるなんて……！

「……シーラさん。私のルディ様にどのようなお願いをなさったのですか？」

「ヒイッ!?」

リズに至近距離から絶対零度の視線を向けられ、シーラが悲鳴を上げる。

それでもなんとか耐えたシーラは、激しく震えながら報酬の内容を説明した。

「いけないことだとは分かっています！　ですが！　欲望に抗《あらが》うことができませんでした！」

清々《すがすが》しいほど本音を語るシーラ。最近の彼女は遠慮というものを知らない。

「ふう……し、仕方ありませんね。全てが片づけば、特別にシーラさんにはお披露目することといたしましょう」

「！　ありがとうございます！　ありがとうございます！」

リズの言葉を聞いた瞬間、それはもう最高の笑顔で何度もお辞儀をするシーラ。

一方のリズも、アクアマリンの瞳から光が消え仄暗《ほのぐら》い笑みを浮かべた。怖い。ものすごく怖い。

「ルドルフ殿下、お二人のキスシーンを見てよいのはこのマーヤだけではないのですか？」

「いや、何を言ってるの？」

反対に口を尖らせて猛抗議するのはマーヤ。

そんな権利を与えた覚えはない。

「えへへへへ……これはバゲットを大量に用意しておかないと」

「ふふ……ふふふふふふ……」

「ハア……」

妖しく笑う二人を見つめ、僕は盛大に溜息《ためいき》を吐《つ》いた。


アンデション家……というかシーラから支援を取りつけた次の日。僕は天蝎宮にオスカルを呼んだんだけど……。

「そんなこと、受け入れられるわけがないだろう！」

まあそうなるよね。

長年皇族に対して恨みを持っていたオスカルだから、『フレドリクと仲良くなれ』っていきなり言われたら、こんな反応になるのは当然か。

「そもそもルドルフは、僕がお前以外の皇族を憎んでいることを知っているじゃないか！」

「もちろんです」

「なら！　こんなふざけたことは二度と言うな！」

オスカルは大声で叫んだものだから息を切らし、全て吐き出すと椅子に勢いよく腰を下ろした。

「まったく……わざわざ天蝎宮で話があるというから、いよいよ僕と手を結ぶ気になったのかと思ったのに……」

「あ、もちろんそれもありますよ」

「なんだって!?」

僕の言葉に、オスカルが勢いよく立ち上がる。いや元気だなあ。

「正しくは、フレドリク兄上とオスカル兄上、両方と手を結びます」

「はあ!?」

「……そうしないといけない事態に、僕達は直面しているんですよ」

打って変わって真剣な表情でそう告げると、オスカルは僕を睨んだ後、深く息を吐いて再び腰を下ろす。

「それはどういう意味だ？」

「ご存じなのかどうか分かりませんが、スヴァリエ公爵家に帝位簒奪の動きがあります。このことは、ファールクランツ家も情報を入手しています」

本当はアリシア皇妃がつかんだんだけど、ここでは黙っておこう。

「……ヴィルヘルムが突然手のひらを返したのは、そういうことか」

「いえ。あの男が生徒会に入る前からのようですので、最初からオスカル兄上に与するつもりはなかったんだと思います」

「そうか……」

オスカルは手を組み、膝の上に肘を置いてうつむく。

今の彼は、いつものように笑顔の仮面を貼りつけてはいない。言い換えればそれだけ僕に心を許していると言えなくもないけど、どうしてそんなことに。

「……お前の言うことは理解したが、だからといってフレドリク兄上と馴《な》れ合うつもりはない。これは、あくまでもスヴァリエ公爵を排除するまでのことだ」

「それで十分です」

オスカルもスヴァリエ公爵が台頭するのはまずいと判断したんだろう。自分の感情を押し殺し、共闘することに合意した。

これをきっかけにして、フレドリクとオスカルの関係が改善されればいいけど、それを叶《かな》えるのは僕の手腕にかかっている、か……頑張らないと。

「引き続きスヴァリエ家の動きは監視を続けますが、オスカル兄上も警戒しておいてください。……それと、くれぐれもヴィルヘルムの奴には気をつけて」

「あいつか……だが、帝位簒奪を画策しているのはスヴァリエ公爵だろう？　なら後継者とはいえあの男には大した力はないと思うけど……」

「いいえ、そんなことはありません」

首を傾げるオスカルに、僕はきっぱりと告げた。

そう……アイツは『ヴィルヘルム戦記』の英雄なんだ。もちろんスヴァリエ公爵自身もそういった野心を持っているんだろうけど、手を回しているのはきっとヴィルヘルムに違いない。僕はそう確信している。

「……分かったよ。僕はお前を信じる」

「！　ありがとうございます！」

よし、少なくともヴィルヘルムを打倒するまでは、僕達兄弟の足並みを揃えることができたぞ。

これで、ヴィルヘルムの陰謀を打ち砕くことができる。

「だけど、スヴァリエ公爵を糾弾するための材料は揃っているのか？　大義名分がなければ、さすがに手は出せないよ」

「それは……」

アリシア皇妃がスヴァリエ公爵の動きを把握してはいるが、今もなお手出ししていないということは、決定的な証拠をつかんでいないということ。

なら、僕達が軽々に動くことはできない。一歩間違えればそれこそ内乱に発展する。

「……まあいいよ。いずれにせよ、表立ってはフレドリク兄上と馴れ合うつもりはないけど、少なくともスヴァリエ公爵を追い込むために協力はするし、余計な邪魔もしない」

「それだけで十分です。本当に、ありがとうございます」

少し投げやりに告げるオスカルに、僕は深々と頭を下げた。

皇族に対して憎悪を抱いている彼が、ここまで譲歩してくれたんだ。僕には感謝しかない。

「まったく……我が弟ながら、ルドルフは変な奴だね。僕とフレドリク兄上との仲を取り持ったって良いことは何一つないのに。それに、僕が裏切ることを想定していないだろう。そんなんじゃ寝首をかかれても知らないぞ」

「あ、あはは……」

呆《あき》れるオスカルに指摘され、僕は苦笑して頭を掻《か》く。確かに彼の言うとおり、脇が甘いのかもしれない。

でも僕は、僕の大切な婚約者を騙したヴィルヘルムさえこの舞台から退場してくれれば、それ以上は望んでいないから……ごめん嘘です。

大好きなリズと一緒になって、大切な人達とともに平穏な人生を送る。それが僕の望みだから。

「ここまでルドルフの申し出を呑んだんだ。生徒会副会長は、絶対に引き受けてもらうからな」

「は、はい……」

そう言うと、オスカルは笑顔で応接室から出ていった。

僕？　僕はそんな面倒事を押しつけられて、がっくりと肩を落としているよ。

「ということでフレドリクとは袂を分かち、オスカルと手を組むことにしたよ」

その日の夜、僕はリズとアンネに今日の出来事及びこれからの方針について説明した。

内容は、僕がヴィルヘルムと手を握ったフレドリクを見限り、オスカルに鞍替《くらが》えしたことと、帝国内で不穏な動きを見せているスヴァリエ公爵家を徹底的に調査し、決定的な証拠をつかんで叩き潰すというもの。

既にファールクランツ侯爵は水面下で動いており、いつでも叛逆者《はんぎゃくしゃ》スヴァリエ公爵を討つことができるよう手配してある。

マーヤにも話をしておきたかったが、残念ながら別件のためここにはいない。また改めて話をするとしよう。

「そうですか……いよいよあの屑は、終わりを迎えるのですね」

「はい。ここまで長かったですが、あとは尻尾をつかむだけです。……まあ、それが一番の難題ではあるのですが」

アリシア皇妃子飼いの諜報員を送り込んでも、まだ証拠をつかむことができていない。それだけ周到に隠しているということだが、あと一歩のところまで追いつめているというのに、足踏みしているこの状況がもどかしい。

「アンネ。君にはヴィルヘルムを監視してもらっているが、何か怪しい動きなどはないかな？」

「すみません……」

眉根を寄せ、アンネがかぶりを振る。前回の失態の後だけに、さすがに同じ轍《てつ》は踏んでいないだろうと思いたい。

「そうか……いずれにせよ、君だけが頼りだ。なんとしてでも証拠を見つけ、僕達に報告してくれ。もちろんファールクランツ閣下の諜報員も同じように調べているだろうから、必要に応じて……」

「失礼します。ルドルフ殿下」

席を外していたマーヤがいつになく真剣な表情でやって来て、僕に耳打ちした。

「……それは本当か？」

「はい。ファールクランツ家の諜報員の一人が、スヴァリエ公爵家の証拠をつかんだとの報告がありました。早ければ今夜にでも、スヴァリエ領から諜報員が戻ってくるとのことです」

「そうか……とうとう……」

ヴィルヘルム打倒が目前となり、僕は拳《こぶし》を握りしめる。

「分かった。ならこうしてはいられない。すぐにオスカル兄上に連絡し、僕達も準備に取りかかろう。アンネ、君は引き続きヴィルヘルムを監視してくれ。特に、僕達の動きを悟られて逃がすわけにはいかない」

「お、お任せください！」

「よし！　じゃあ行動開始だ！」

僕が手を叩いて合図をすると、アンネは恭《うやうや》しく一礼して部屋から出ていった。

「……マーヤ」

「分かっております」

僕が声をかけると、マーヤは〝氷の令嬢〟と謳《うた》われるリズよりも冷たい表情を浮かべ、同じく部屋を出る。

その小さな背中の名残を、僕がずっと眺めていると。

「ここで待っていても仕方ありません。ルディ様、せっかくですので私と手合わせしていただけませんか？」

「え、ええとー……」

まさに急展開を迎えているというのに、リズからそんなお願いをされてしまった。というか、スヴァリエ家討伐の前に大怪我しそう。

「ふふ……まさかルディ様とあろう御方が、怖気《おじけ》づいたのでしょうか」

「ええー……」

クスクスと嗤うリズに、僕は変な声を漏らしてしまう。

いや、怖気づくどころか、いつだってリズとの手合わせは命がけなんだけど。

まあでも。

「分かりました。その代わり、僕が勝たせてもらいますよ」

「できるものなら」

ということで、僕達は着替えて訓練場へと赴いた。

「では……いきます！」

僕とリズは手合わせを始め、およそ二時間。

夜空に満月が煌々《こうこう》と輝く中、僕の身体はリズの槍《やり》をしこたま受けた痛みと疲労で、身動き一つできない状態まで追い込まれてしまい、地面でぼろ雑巾のようになっている。

ほらあ、やっぱり思ったとおりの結果になったよ……。

だけど。

「あ……あはは……本当に君は、どこまでも不器用、ですね……」

「何のことでしょうか」

「そういうところ、ですよ……」

疲れた様子も見せず、表情も変えず、アクアマリンの瞳でただ僕を見下ろすリズ。

でも、彼女が僕を強引に手合わせに誘ったのは、決して時間潰しのためなんかじゃない。

マーヤのことで複雑な思いを抱えていた僕を、励ますために。

余計なことを考えてしまわないようにと、僕を気遣って。

「で、ですが、さすがに本気のリズ相手では、手も足も出ませんね……」

「何をおっしゃいますか。同年代で本気の私のお相手をしていただける御方など、ルディ様をおいて他におりません」

「あはは、ありがとう……」

今から考えると、数か月前の僕は今よりも数段弱かったのに、よくリズに勝てたよね。

もちろんあの時は、勝つまで何度だって戦うつもりではあったけど……って。

「リズ……」

「ルディ様……どこまでも優しくて、誰よりも強い御方。あなた様は、私の全てです。だから……どうか、思い悩んだりしないでください」

「ありがとうございます……君は、僕の全てです……」

膝枕をしてくれたリズが、僕の髪を優しく撫でる。

いつの間にか僕は、微睡《まどろ》みの中へと誘《いざな》われていった。

■マーヤ＝ブラント視点

「マーヤ姉様……」

「やはりあなたは、ヴィルヘルムに報告しに行こうとしましたね」

深夜の学園寮の裏庭。

互いに武器を構え、私はアンネと対峙《たいじ》していた。

ちょうどこの場所から真上にある三階に、ヴィルヘルムの部屋がある。

「アンネ、答えなさい。どうしてあなたは、リズベット様を裏切ったのかを」

「……簡単です。私にとって、真《しん》に仕えるべき御方はリズベット様ではなかったということ」

「プッ」

殺気のこもった視線を向けるアンネの答えに、私は思わず吹き出してしまいました。

「マーヤ姉様、何がおかしいのですか？」

「おかしいに決まっていますよ。よりによってリズベット様を差し置いて、あのような屑《くず》があなたの仕えるべき主《あるじ》だなんて、趣味が悪いにも程があるわ」

「たとえマーヤ姉様でも、今の言葉は許せません！　撤回してください！」

目を吊《つ》り上げるアンネは音もなく地面を這うように近づき、急所目がけてダガーナイフを突き出してくる。

容赦のないところは、師匠と私の教えどおりですね。

だけど。

「甘い」

「っ!?」

私は自分の得物……マチェットでアンネのダガーナイフを叩《たた》き落とした。

「あなたでは私に敵《かな》わないことは、分かっているでしょう？　これ以上無駄な抵抗をするのなら、容赦はしませんよ」

「…………………」

利き手を押さえ、アンネは忌々しげに私を睨《にら》む。

もう、私から逃れられないことを悟って。

「それで、あなたの言う『真にお仕えすべき御方』というのは、ヴィルヘルム＝フォン＝スヴァリエでいいんですよね？」

「……さあ、どうでしょう」

アンネは顔を背け、吐き捨てるように告げた。

だけど……本当に甘いというか、まだまだ未熟というか。

それでは、簡単に心を読まれてしまいますよ？

「うぐっ!?」

「早く答えなさい。私にはあなたとのくだらないやり取りに付き合っている暇はないんです」

私はアンネの腕を取り、そのまま地面に押さえつける。

ほんの少しでも力を加えれば、腕の骨が折れてしまうぎりぎりで加減して。

「さあ」

「……アハ、ハ……さっさと私の腕を折ったら、どうなんですか……？　そんなことをしても、私に答える気はありませ……ああああああああッッッ!?」

アンネの望みどおり、私は彼女の右腕を折った。

悲鳴を上げようが、お構いなしに。

「次は左腕です」

「うぐ……う……さっさとやれえええええ……ああああああああああああッッッ!?」

彼女の絶叫が、乾いた音とともに悲鳴に変わる。

「次は右足です」

「うぎッッッ!?」

「左足」

「ああああああああああああ……ッッッ」

アンネの四肢が、いずれもおかしな方向に曲がっていた。

まるで、マリオネットのように。

……まあ、そのようにしたのはこの私なのですが。

「……まだ答える気はありませんか」

「……………………」

歯をかたかたと震わせ脂汗を流しながらも、不敵な笑みを浮かべるアンネ。

どうしてあのような男が彼女を裏切らせ、これほどまでの忠誠を誓わせることができたのでしょうか。

「残念です」

私はそう告げると、右手をゆっくりと上げた。

すると。

「……アンネ＝オールソン、貴様を拘束する」

音もなく現れた、ファールクランツ侯爵家の諜報《ちょうほう》員達。

もちろん、あらかじめお館《やかた》様に話をして派遣してもらいました。

「では、よろしく頼みます」

「「「はい」」」

諜報員達は拘束したアンネを連れ、学園寮の闇に消えた。

「……さようなら、アンネ」

こうなった以上、私があの子と再び会うことはもうないでしょう。

私は、妹に別れの言葉を告げ、ご主人様であるルドルフ殿下のもとへ帰った。

「……申し訳ございません。この度のことは、全てこの私に責任があります。どうか罰をお与えください」

深夜に部屋に戻ってくるなり、マーヤは跪《ひざまず》いてそんなことを口にした。

確かにアンネを僕達の侍女として推薦したのは、他ならぬマーヤだ。

なら、彼女がここまで責任を感じるのも仕方ないといえば、そうなんだけど……。

とはいえ、それを言うならアンネの登用を認めたのはこの僕だし、責任があるとすれば雇い主であるこの僕だ。

だから……マーヤは、何一つ悪くない。

「僕が君に与える罰なんて、何もないよ。それより……君に、つらい思いをさせてしまって、ごめんね」

僕もマーヤの前で負けじと平伏し、許しを乞う。

こんな結果になることは、最初から分かっていたのに。

それでも僕は、アンネに引導を渡す役目を……マーヤにとって最もつらい役目を押しつけてしまったのだから。

「本当に、ルディ様は……っ」

「だから……もし僕を許してくれるなら、立ち上がっていつもの君に戻ってほしい」

深々と頭を下げ、マーヤに懇願すると。

「……ルディ様がどうしてもとおっしゃるのであれば、仕方ありませんね。私って、すごくご主人様想いの素晴らしい侍女だと思いませんか？」

「あ、あははー……」

立ち上がり、おどけて普段の姿を見せるマーヤ。

そんな彼女に、僕も苦笑した。

だけど、マーヤのアメジストの瞳が濡れていることは、僕だけの秘密だ。

「まあそういうことだから、とりあえず一通り教えてくれるかな」

「はい。アンネはあらかじめ取り囲んでいたファールクランツ家の諜報員達に連行され、今頃は尋問を受けているところだと思われます」

アンネとの顛末《てんまつ》について、マーヤは淡々と報告する。

本当はこんな話はしたくないだろうけど、それでも、今後を考える上で大切だからね。

「そう……なら、アンネが口を割るのも時間の問題、ということでいいのかな？」

「いえ、そう簡単にはいかないかと。なぜかは分かりませんが、アンネはあの男に絶対的な忠誠を誓っておりました。それこそ、大恩あるファールクランツ家を裏切るほどに」

そう言うと、マーヤは唇を噛《か》んだ。

リズが騙《だま》されたことといい、クリステルがそそのかされたことといい、一体あの男には何があるのだろうか。カリスマ性？　そんな馬鹿な。

僕には『ヴィルヘルム戦記』の主人公であり英雄が、あれと同一人物だなんてとても思えないし、惹《ひ》かれる要素も何一つない。

なのに……。

「……とにかく、アンネのことはファールクランツ閣下にお任せするとしよう。いずれにせよ、アンネからスヴァリエ公爵が帝位簒奪《さんだつ》を企てている決定的な証拠を聞き出さなければ、僕達は手も足も出せない。それどころか、アイツはきっと次の手を打ってくる」

「次の手、ですか……？」

「うん」

アンネがヴィルヘルムに寝返っていたのなら、きっと定期的に僕達の動向を報告していたはず。それが途絶えれば、当然ながら自分の身に危険が迫っていることを察知するだろう。

そうなればどうするか。アリシア皇妃から聞いた情報から推測すると、おそらくは。

「スヴァリエ公爵は先手を打って武装蜂起し、この帝都を急襲することも考えられる。……いや、下手をすれば既にクーデターを起こすための準備を整えているかもしれない」

「っ!?」

あくまで可能性の話ではあるけれど、最悪の事態を想定しておくに越したことはない。

「だからこそ僕達が、ヴィルヘルムよりも先に動く必要があるんだ。そのためには」

「大義名分が何としても必要、ということですね」

「うん」

だからアンネ、お願いだから素直に全てを吐いてほしい。

分かっている。ファールクランツ家の諜報員が、素人の僕にでも気づいてしまうような、そんな失態を犯したりはしないことを。

「……マーヤ。僕は絶対に、ヴィルヘルムを絶望に叩き落としてやらないと気が済まないよ」

「私もです。妹が味わった全ての苦痛を、何倍にもして返してやります」

僕の言葉に、マーヤが力強く頷《うなず》く。

彼女も、そのことに最初から気づいていたのだろう。

――アンネは自分がヴィルヘルムの間者であることを、わざと気づかせるようにしたことを。

「ルディ様……私、悔しいです……っ」

「うん……」

肩を震わせるマーヤに、僕はただ、静かに頷いた。


「……そう、ですか」

アンネを拘束した次の日の朝、僕とマーヤはリズに顛末を説明した。

最初、蚊帳《かや》の外にされた形になってしまったリズが怒るかとも思ったけど、彼女はただ静かに聞いてくれた。

「今、お館様のもとでアンネへの尋問が行われておりますが、あの子が口を割るとは限りません」

「そう……」

淡々と説明するマーヤに、リズは労《ねぎら》うような眼差しを向ける。

彼女もまた、マーヤの心情を慮《おもんぱか》っているのだろう。

だってリズとマーヤは、まるで姉妹のようにずっと傍《そば》にいたのだから。

「ルディ様、これからいかがなさいますか？」

「もちろんスヴァリエ公爵とヴィルヘルムの帝位簒奪の企ての証拠を突き止め、全てを打ち砕いてやります。そのためには……マーヤ、お願いできるかな？」

「お任せください。アンネの無念、この私が必ず晴らしてみせます」

マーヤが決意を込め、深々と頭を下げた。

「僕とリズは何かあっても対処できるように、引き続きアリシア妃殿下やフレドリク兄上、オスカル兄上と連携を密にするよ。だから悪いけど学園を休むことを伝え……ああ、そうそう、シーラ嬢にもこのことを伝えてほしい」

「かしこまりました」

ということで。

「ウフフ……まさか、こんなにも早く顔を見せてくれるとは、思わなかったわ」

巨蟹宮《きょかいきゅう》を訪れた僕とリズを、アリシア皇妃が笑顔で迎えてくれた。

いや、僕も早速来ることになるなんて思わなかったよ。

「実は一つ報告と、ヴィルヘルムのことでお話が」

「ヴィルヘルムって……ああ、スヴァリエ公爵家の子息ね」

「はい」

僕はアリシア皇妃に、これまでの経緯《いきさつ》について説明した。

スヴァリエ公爵打倒のため皇位継承争いを一時休戦することをオスカルが了承したこと、専属侍女の一人であるアンネが実はヴィルヘルムと通じており、こちらの情報を流していたことを。

「今はファールクランツ閣下がアンネの尋問に当たっていますが、おそらく口を割る可能性は低いと思われます。ですのでもう一人の侍女マーヤに、ヴィルヘルムを調べてもらっています」

「そう……スヴァリエ公爵は警戒していたけど、その息子は盲点だったわ……」

アリシア皇妃は眉根を寄せ、親指の爪を噛む。

「とにかく、ヴィルヘルムの手の者だったアンネがこちらの手に落ちた以上、向こうも異変に気づいたかもしれません。すぐに動かなければ、こちらが後手に回ってしまいます」

「そうね。この際、大義名分とか言っている場合じゃなくなってきたわ。すぐにスヴァリエ領に帝国軍を差し向ける準備を……」

「それに関しては、もう少しだけ待ってはもらえないでしょうか」

「……どうしてかしら？」

アリシア皇妃が、鋭い視線を僕に向ける。

「僕の信頼する部下が、その証拠を手に入れるために動いてくれています。どうかこの僕に、時間をください、お願いします」

僕はアリシア皇妃に深々と頭を下げる。

マーヤなら、きっと証拠を見つけ出してくれると、そう信じて。

すると。

「ふう……明日の朝までですよ？」

「！　ありがとうございます！」

息を吐いて苦笑するアリシア皇妃に、僕は改めてお礼を言った。

やっぱりこの女性《ひと》は優しくて、僕の思いを理解してくれる。

本当に、アリシア皇妃が僕の母上だったら、どれだけよかったか……。

——コン、コン。

「失礼。ルドルフが来ていると聞いたのでな」

やって来たのは、フレドリク兄上だった。

わざわざこうして会いに来てくれたということは、本当に合理主義で利己主義な仮面を被《かぶ》ることはやめたみたいだ。

「フレドリク、あなたがここに来るなんて珍しいわね」

アリシア皇妃はそんな皮肉を言っているが、フレドリクが来てくれたことが嬉《うれ》しいみたいで頬《ほお》を緩ませている。

「私の最大の支援者であり、理解者でもあるルドルフが来たのであれば、顔を見せるのが礼儀でしょう」

今後は僕がいない時にも、マメにここに訪れるようになるといいんだけどね。期待しておこう。

「後でフレドリク兄上にもお願いしようと思っておりましたので、来てくださってちょうどよかったです。実は、オスカル兄上とヴィルヘルムの件についてでして」

「ほう？」

フレドリクはアリシア皇妃の隣に座り、興味深そうに身を乗り出す。

「ご存じかもしれませんが、スヴァリエ公爵が危険な動きを見せています。そのため、オスカル兄上とも話をして皇位継承争いは一時休戦にし、一緒に対処することで合意しました」

「オスカルが？」

「ええ」

いくら有事とはいえ、まさかあのオスカルが協力するとは思いもよらなかったのだろう。フレドリクは目を見開いた。

「それに関連して、ヴィルヘルムも僕の専属侍女を抱き込みました。今はその侍女を捕らえてファールクランツ侯爵が尋問を行い、僕のもう一人の専属侍女がヴィルヘルムの調査に当たっております」

「そうか……」

フレドリクが思案するタイミングで、僕はお茶で喉を潤した。

「それで、アリシア妃殿下にはいつでも対処できるようにお願いしたところです。兄上も、どうか協力して……」

「当然だ。帝国の一大事ということもあるが、二人の弟がそれに対処するというのだ。この私だけ黙って見過ごしているわけにはいかない」

やはりフレドリクは、本当に大事なことは何なのかを理解して行動することができる。

オスカルに対するわだかまりなど、彼にとっては些細《ささい》なことなのかもしれない。

「やはり兄上が、次の皇帝になられたほうがいいんじゃないですか？」

「む……今ここでその話をするのか」

「どういうこと？」

僕とフレドリクの会話を不思議に思ったアリシア皇妃が尋ねる。

「母上、なんでもありません。それよりルドルフ、そういうことならここでじっとしている暇はないだろう」

都合が悪くなったのか、フレドリクが僕に退出するよう急《せ》かした。

「そうですね。これ以上親子水入らずの邪魔をしても悪いですし」

「むむ……」

「まあ」

そう言って僕がおどけてみせると、フレドリクは眉根を寄せ、アリシア皇妃は愉快そうに笑った。

こうやって、二人の間にあった溝も、少しずつ埋まっていけばいいな。

そんなことを願いながら、僕とリズは皇宮を後にした。


「分かりましたわ。そういうことでしたら、私も喜んで協力します」

次に訪れたのは、アンデション辺境伯家のタウンハウス。

心配はしていなかったけど、それでも、辺境伯がすんなりと受け入れてくれてよかっ……。

「ただし、一つ条件がありますわ」

……やっぱり一筋縄ではいかないみたいだ。

まあ、海千山千のアンデション辺境伯が、実利を求めないわけがないかー……。

「その条件とは？」

「今度こそアンデション家が、ルドルフ殿下の後押しをさせていただくことです」

「え……？」

予想外の答えに、僕は思わず呆《ほう》けた声を漏らしてしまった。

いや、だって、先日の昼食の際にもシーラが僕の派閥に入ることを喜んでいたから、てっきりそうなのだと思っていたんだけど。

僕がどういうことかと、シーラを見やると。

「あらあら、シーラから『ルドルフ殿下とリズベット様の派閥に入れて嬉しい』という話は聞いていたのですが、そこは正式に取り決めておかないと、ねえ？」

「あははー、そうですよね」

それもそうか。あの時は、僕達が勝手に盛り上がっていただけだしね。

「そういうことですので、よろしくお願いしますわ」

「こちらこそ、どうぞよろしくお願いします」

僕とアンデション辺境伯は、握手を交わした。

「えへへ、これで私も、正式にリズベット様の仲間です！」

「ふふ、シーラさんは最初から仲間……いえ、お友達ですよ？」

「リズベット様……！」

うんうん、二人が仲良さそうでいいけど、これでますますシーラが暴走しないかと、心配になってくるよ。

とりあえず、大事に至らないように目を光らせておこう。

「では、僕達はこれで失礼します」

「ええ、わざわざありがとうございました」

「リズベット様、それではまた！」

「はい、また」

僕達はアンデション辺境伯、シーラに見送られ、最後の訪問先のファールクランツ侯爵家へと向かう。

「アンネの尋問、終わっているでしょうか……」

「おそらくはまだだと思います。彼女もまた、ファールクランツ家の諜報員でしたので」

ファールクランツ家の一員であるリズだから、諜報員がどういうものか、最も理解している。

そんな彼女が言うのだから、そういうことなのだろう。

「僕達も、その時に備えましょう」

「はい」

事態は一気に動き出し、ヴィルヘルムとの決戦の時が近づく。

そう……暴君になるはずだった僕が、英雄になるはずのヴィルヘルムに引導を渡すんだ。

「……ルディ様、どうかこの私に、ヴィルヘルムに引導を渡すことをお許しくださいませ」

「リズ……？」

アクアマリンの瞳に覚悟と決意を湛《たた》え、リズが懇願した。

彼女の言う『引導を渡す』ということは、この世界の表舞台から……いや、ひょっとしたらこの世界からヴィルヘルムを消し去るということなのかもしれない。

だってリズは、『ヴィルヘルム戦記』においてこの僕……暴君ルドルフ＝フェルスト＝バルディックを暗殺した女性《ひと》なのだから。

なら。

「申し訳ありませんが、それは認めません」

「どうしてですか！」

まさか反対されるとは思わなかったのだろう。

リズは身を乗り出し、僕に詰め寄る。

「当たり前です。あのようなくだらない男のために、僕のリズが手を汚すことなんて、絶対に受け入れられない。それは……この僕の役目です」

「ルディ様！」

そうだ……僕はヴィルヘルムによって作られてしまった最低最悪の歴史を、正しく取り戻さなきゃいけないんだ。

暴君として散ってしまった、この僕の手で。

「こればかりは、たとえリズであっても譲れません」

「っ！　……ルディ様は、頑固です」

「君ほどではありませんよ」

悔しそうに顔を背けるリズに、僕は珍しく皮肉を告げた。

「……分かりました。あの男……ヴィルヘルムのことは、ルディ様に全てを委ねます」

「ありがとう、ございます……」

僕の覚悟を汲《く》み取ってくれたリズは、渋々ながらも譲ってくれた。

そんな愛する婚約者に、僕は深々とお辞儀をする。

そして。

「着きましたね」

「はい」

ファールクランツ家の屋敷に到着し、僕達は馬車を降りてファールクランツ侯爵のもとへ向かう。

「む……来ましたな」

「ファールクランツ閣下……その、いかがでしたか？」

「うむ……」

僕の問いかけに、ファールクランツ侯爵は苦虫を噛《か》み潰《つぶ》したような表情を浮かべると。

「アンネだが、禁制の薬物に手を染めていることが分かりました」

「「っ!?」」

ファールクランツ侯爵の告げたとんでもない結果に、僕とリズは息を呑《の》んだ。

「そ、それは本当ですか!?」

「間違いありません。瞳孔が開き、独特の臭いも僅《わず》かにありました……」

「そんな……」

だけど……そうすると、アンネがヴィルヘルムに寝返った理由って……。

「で、では、アンネはヴィルヘルムに無理やり薬物依存にされてしまったということですか？」

「それは分かりませんが、少なくとも一年以上は常習していると思われます。殿下が学園に入学されてからまだそれほど日にちが経《た》っておりませんので、可能性としてはどうでしょうか」

となるとアンネがヴィルヘルムと接点を持っていたのは、一年以上も前…………………あ。

「まさか……」

「……ルディ様もそうお考えになりましたか」

どうやらリズも、思い至ってしまったか。

一年以上も前にヴィルヘルムがアンネと接点を持つ機会があるとすれば、それはリズが僕の婚約者になる前……つまり、あの男があの日の思い出を偽ってリズに近づいていた時だ。

リズを騙す裏側で、アイツはそんなことまでしていたっていうのか……っ！

「お父様、マーヤの報告を待つ必要がありますが、アンネはスヴァリエ公爵家子息のヴィルヘルムと繋《つな》がっておりました」

「ヴィルヘルム子息……そういうことか」

ここでファールクランツ侯爵が気づく。

婚約する一年前から、リズに言い寄っていたあの男のことを思い出したのだろう。

「やってくれる……っ！」

ファールクランツ侯爵が、机を思いきり叩く。

アクアマリンの瞳に、明確に殺意と怒りを湛えて。

「ルドルフ殿下、リズベット。こうなったらファールクランツ家としてただで済ませるつもりはありません。手を出したこと、必ず後悔させてやりましょう」

「「はい」」

僕達三人は顔を見合わせ、頷き合う。

そこへ。

「マーヤ＝ブラント、ただいま戻りました」

まるでタイミングを見計らったかのように、マーヤが険しい表情で現れた。

彼女が無事だったことに安堵《あんど》するも、きっとよくないことが起こったのだとすぐに理解する。

「マーヤ、それで……」

「はい……これをご覧ください」

そう言ってマーヤが差し出したのは、中に液体の入った小さなガラスの小瓶だった。

「これは？」

「……禁制の薬物、〝アピウム〟です」

これで、全てが繋がった。

リズに言い寄っていた時期から、ヴィルヘルムはこの薬を使ってアンネを思いのままに操り、僕達の……いや、リズの監視をしていたんだ。

本当は、ヴィルヘルムはマーヤを籠絡《ろうらく》したかったのかもしれないけど、それが不可能であると踏んで対象をアンネに切り替えたのかもしれない。

ただ。

「ヴィルヘルムは、一体どうやって禁制の薬物を入手していたんだ？」

いくら公爵家とはいえ、禁制の薬物を易々《やすやす》と入手できるわけがない。

「この〝アピウム〟については、東方諸国から入手するしかありません。つまり……」

「……ルージア皇国か」

アリシア皇妃からもたらされた、スヴァリエ公爵の取引先。それがルージア皇国だった。

ならこのアピウムという薬は、ルージア皇国から入手しているとみて間違いないだろう。

「ルディ様……」

「とても喜べる話じゃないけど、アンネの裏切りを皮切りに、繋がっていた糸がこれで全て見えた」

あの『ヴィルヘルム戦記』において、暴君ルドルフに対抗するだけの戦力を保有し、戦を継続するだけの財力を持っていたのは、全て背後にルージア皇国がいたから。

「ですが、これで大義名分が生まれました。今こそスヴァリエ公爵を捕らえ、全てを終わらせましょう」

「「はい！」」

そう……これでいよいよ僕とヴィルヘルムの戦いが終わりを迎える。

『ヴィルヘルム戦記』では、僕……ルドルフが敗北したが、今度はそうはいかない。必ず勝利し、歴史を書き換えてみせる。

――そして、リズとの幸せな未来を勝ち取るんだ。

偽書・ヴィルヘルム戦記　―飛躍の章―　本当の姿

■リズベット＝ファールクランツ視点

帝立学園に入学してから、およそ二か月。

ここでの生活にも慣れ、マーヤに見送られて今日も教室へと向かいます。

……ただ、今度の実技試験が刺繍《ししゅう》だなんて聞いておりませんでした。私は刺繍が大の苦手なのです。むしろどうして令嬢というだけで刺繍の技術が求められるのでしょうか。断固抗議します。

「おはようございます」

「「「「……………………」」」」

教室に入ると、男女関係なく生徒達が一瞬だけ私を見て、すぐに目を逸《そ》らします。

入学一週間で騎士団長のご子息であるエドガー様を叩《たた》き伏せたことで、このようなことになったわけですが……あの方は、本当に騎士団長のご子息なのでしょうか？　その実力にははなはだ疑問符がつきます。

そんな中でも、変わらない御方が二人おられます。

一人は、アンデション辺境伯家のシーラ嬢。

彼女は第三皇子のロビン殿下の婚約者であらせられますが、いつもにこやかな表情を浮かべておられます。

ですが、彼女の本質はもっとしたたかで狡猾《こうかつ》だと見ています。おそらくはロビン殿下も臣籍降下され、領地をあてがわれることでしょうが、それも全てシーラ嬢にかすめ取られてしまうような、そんな気がします。

そして。

「……また来たのか」

「ふふ、はい」

いつも教室の窓側後ろの席にお座りになる、ルドルフ殿下。

斜に構え、他の生徒達と関わり合いにならないとばかりに憮然《ぶぜん》とされておられますが、その実、こうして近づいても少し悪態を吐《つ》く程度で受け入れてくださいます。

本当に、まるで猫のような御方です。

まあ、私自身もこの教室で浮いた存在ですので、そんな二人が一緒にいたとしても他の生徒達からすれば厄介払いができたとでも思っていることでしょう。

「それより、先日の実技試験は不参加だったそうですが……」

「……貴様には関係ない。それに、この僕が試験を受けたところで、相手の上級生がまともに相手をするはずもないからな。やるだけ無駄だ」

「そうかもしれませんね。でしたら、私と一度手合わせをいたしますか？」

「貴様が？」

「はい」

私は知っております。ルドルフ殿下の手に、いくつもの剣だこと血まめがあることを。

本当のあなた様は努力家で、気遣いができる御方。

窓際の一番後ろにお座りになるのだって、他の生徒達が自分を気にしないように……自分が視界に入らないようにとの配慮からですよね？

それに、こうしてあなた様は私と会話をしてくださっています。やはりルドルフ殿下は、噂《うわさ》とは全然違います。

「……まったく。僕なんかに構っていると、婚約者から叱責《しっせき》を受けるぞ」

「構いません。それにヴィルヘルム様は、そのようなことをおっしゃったりはしませんので」

そう……あの御方は私に何も言わない。いいえ、何も言えない。

この二か月の学園生活で、ヴィルヘルム様がどのような御方なのか私も理解いたしました。

女性に甘い……違いますね。節操がなく、陰でこそこそとすることが得意な御方。

私が気づいていないと思っていらっしゃるようですが、常に行動を見守っているマーヤから、いつも聞かされておりますとも。

一度だけルドルフ殿下と会話をしているところを見咎《みとが》められたこともありますが、そのことを遠回しに告げると、すぐに何も言わなくなりました。

「……おかしな奴だ。少しでも僕の機嫌を損なえばどうなるか、貴様も知っているだろうに」

「ええ、存じ上げております」

たとえ機嫌を損なっても、決して人を傷つけることができない優しい御方。

ほら、こうして隣にいる私のことを気にされて、様子を窺《うかが》っておられます。

もし私のことがお嫌なら、今頃追い払っていらっしゃるでしょうし、会話に付き合ったりしませんもの。

……ルドルフ殿下が、あの日の御方だったらよかったのに。

「む……あまり僕の顔ばかり見ていないで、授業に集中しろ」

「はい、そうですね」

「全然聞いていないではないか……」

注意されてもルドルフ殿下を見ている私に呆《あき》れ、肩を落とされます。

ほら、やっぱり優しい。

窓から差し込む日差しの暖かさもあり、気づけば私は眠ってしまいました。

「あ……」

同じく隣で机に突っ伏して眠るルドルフ殿下。

そして、私の肩には殿下の上着がかけられておりました。

「ありがとうございます、ルドルフ殿下……」

私は上着をルドルフ殿下にそっと戻し、彼の寝顔を目を覚ますまで眺め続けました。

第三章 決戦

「ルドルフ殿下、鍛錬は怠ってはいないようですな」

馬車の中、ファールクランツ侯爵がそんなことを言ってきた。

「はい。閣下の教えを守り、学園寮でも訓練を続けておりますが……分かるのですか？」

「見くびっていただいては困ります。このドグラス＝ファールクランツ、武に関して分からぬことなどございません。殿下の身体つきだけでなく、何より、身のこなしを見れば歴然です」

さすがはファールクランツ侯爵。全部お見通しらしい。

「おかげさまで、今ではリズに三回に一回は勝利できるようになりました」

「たった一年程度でその成長……クク、これは殿下の将来が楽しみでなりませんな」

ファールクランツ侯爵は、リズと同じアクアマリンの瞳で僕を見つめ、くつくつと笑う。

というか、失礼かもしれないけど、侯爵って笑うのが下手だよね。知らない人が見たら、絶対に恐怖を感じると思う。

「さて……着きましたぞ」

「はい」

僕達は馬車を降り、皇帝の寝室へ真《ま》っ直《す》ぐ向かった。

その途中。

「何事ですか……って、ルドルフ殿下。それにファールクランツ卿も」

現れたアリシア皇妃が怪訝《けげん》な表情を浮かべるも、僕を見て表情を緩める。

それくらい僕のことを信頼してくれているみたいで、正直嬉《うれ》しい。

いつも思うけど、この女性《ひと》が僕の母上だったらよかったのに……。

「アリシア妃殿下、夜分申し訳ありません。火急の事案のため、今すぐ皇帝陛下にお目通りいただかねばなりません」

「急ぎ、とは……まさか」

「そのまさかです。アリシア妃殿下もご同席いただけると助かります」

「もちろんです」

アリシア皇妃が頷《うなず》き、僕達の後に続く。

そして。

「失礼します」

ファールクランツ侯爵は、皇帝の返事も待たずに寝室の扉を開けた。

そこには全裸でぐったりした様子でベッドに横たわるベアトリスと、同じく全裸で椅子に腰かける皇帝の姿があった。

「ファールクランツ卿。このような時間にやって来た挙句、断りもなしに寝室に入るとは……」

「……誠に申し訳ありません。ですが、帝国の一大事であるため、参上した次第です」

ベアトリスとの情事に水を差され、あからさまに不機嫌な様子を見せる皇帝。

ファールクランツ侯爵をはじめ僕達は、何も言わずに跪《ひざまず》くが、事態が事態だけに皇帝とベアトリスに対し怒りがこみ上げる。

「それで？　余の邪魔をしたのだから、相応の理由があろうな」

「はっ。スヴァリエ閣下がルージアと通じ、禁制の薬物に手を染めている疑いがあります」

「っ!?」

この言葉に最も驚いた反応を示したのが、皇帝でも、アリシア皇妃でもなく、ベッドで寝そべっているベアトリスだったことを、僕は見逃さなかった。

「ふむ、ヨーランが……だが、あやつは皇族。そのような真似をするとは、思えぬが……」

「ですが事実です。これをご覧ください」

ファールクランツ侯爵は、小さな小瓶……アピウムを、皇帝に見せる。

「これは？」

「禁制の薬物アピウムです。スヴァリエ家子息ヴィルヘルムの寮の部屋から発見されました。既にヴィルヘルムは行方をくらましています」

「むう……っ」

小瓶を見つめ、皇帝が唸《うな》る。

「状況から考えるとヴィルヘルムは既に領地に戻っていると思われます。最悪の場合、ヴィルヘルムの報告を受けたスヴァリエ公爵はルージア皇国の後押しを受け、帝国に反旗を翻す準備をしているやもしれませぬ」

「そうか……」

ここに至ってようやく状況を理解した皇帝は、眉根を寄せて天を仰ぐ。

迅速に動かなければ、バルディック帝国を揺るがす最大規模の内乱に発展しかねない。

「陛下！　どうかこのファールクランツめに、出陣のご許可を！」

「ま、待つのよ！　まだスヴァリエ閣下が反逆を企てているなんて、分からないじゃない！」

突然ベッドから飛び起きたベアトリスが、血相を変えて口を挟んできた。

これは国の一大事に関すること、ただの愛人に過ぎないベアトリスに口出しをする資格はない。

そのことは、ベアトリス自身が誰よりも理解しているはず。だからこそ僕は、この女の行動に違和感を覚えた。

「あら？　あなたが他の貴族を『閣下』と呼ぶなんて、珍しいわね」

「と、当然ですわ！　彼は皇族なんですもの！」

アリシア皇妃の指摘に、少し焦った様子で言い訳をするベアトリス。

皇族だということを気にするくせに、この女がアリシア皇妃のことを陰で馬鹿にしていることを僕は知っている。

やはり、どこかおかしい。

「……ファールクランツ卿よ。直ちにスヴァリエ領へ向かい、ヨーラン＝フォン＝スヴァリエを拘束せよ」

「はっ！　お任せくだされ！」

ようやく決断した皇帝に、ファールクランツ侯爵は拳《こぶし》で胸を叩《たた》いて応えた。

「では、失礼いたします！」

「失礼いたします」

ファールクランツ侯爵と僕は、急ぎ寝室を出る。

だけど。

「……………………」

「……………………」

去り際に見た、顔を真っ青にして肩を震わせるベアトリスと、どこか嬉しそうに口の端を吊《つ》り上げて嗤《わら》う皇帝の姿が、僕の脳裏に焼きついて離れなかった。

「ファールクランツ閣下……どうか僕も、スヴァリエ領に一緒に連れていってはいただけないでしょうか」

帰りの馬車の中、僕はファールクランツ侯爵に懇願した。

おそらくこのスヴァリエ領への遠征によって、ヴィルヘルムは奈落の底に叩き落とされることになるだろう。

なら、あの男に……『ヴィルヘルム戦記』の英雄、ヴィルヘルム＝フォン＝スヴァリエに引導を渡し、最低最悪の叙事詩に終止符を打つのは、この僕、暴君ルドルフ＝フェルスト＝バルディックをおいて他にいない。

「お願いします！　どうか……っ！」

「……頭をお上げくだされ、ルドルフ殿下」

深々と頭を下げる僕を、ファールクランツ侯爵が両手で抱き起こした。

「元より殿下をお連れするつもりでおりました。殿下こそが、このドグラス＝ファールクランツの跡を継ぐ者なのですから」

「あ……」

ファールクランツ侯爵が、不器用に微笑《ほほえ》む。

嬉しかった。心が震えた。

だって……僕の憧れの人が、目標だった人が、この僕を後継者と認めてくれたのだから。

「は、はい！　僕は絶対に、この遠征で活躍してみせます！　閣下の跡を継ぐ者として！」

「クク……期待しておりますぞ」

あはは……この戦いが、ヴィルヘルムと決着をつけるだけでなく、僕の……いや、次のファールクランツ侯爵となる僕とリズの未来を決める大切なものになったよ。

僕は喜びと興奮で、両の拳を強く握りしめる。

そして僕達は、ファールクランツ邸に帰ってくると。

「ええ!?」

玄関には甲冑《かっちゅう》を身にまとったリズが、マーヤを従えて待ち構えていた。

「お帰りなさいませ、ルディ様」

「い、いや、その格好はどうされたのですか!?」

「もちろん、これから始まる戦いに備えてです」

リズは、グイ、と胸を張る。

どういうことかとマーヤを見やると……どうして強く頷いているんだ？　意味が分からないよ。

「本気、ですか……？」

「はい」

おずおずと尋ねる僕に、リズは凛《りん》とした表情で力強く頷く。

なら。

「申し訳ありませんが、リズを連れていくことはできません」

「っ!?　なぜですか！」

「決まっています。君を危険な目に遭わせたくないからです」

詰め寄るリズに、僕ははっきりと告げる。

この遠征は、帝位簒奪《さんだつ》を目論《もくろ》むスヴァリエ家とバルディック帝国との全面戦争だ。当然、人の命を奪い合うことになる。

そんな戦場に行けば、いくらリズが強くても多勢に無勢でどうにもならなくなってしまうことだってあるんだ。とてもじゃないけど、僕一人で守り切れる自信はない。

何より……リズに、人殺しなんてさせたくない。

彼女の細くて美しいその手を、血で汚してほしくないから。

あの、僕の血で染まった『ヴィルヘルム戦記』のように。

「だからどうか、聞き入れてもらえないでしょうか……僕は、君だけは絶対に失いたくないし、傷ついてほしくない」

「……嫌です。たとえルディ様のお願いでも、これだけは引き下がれません」

頑固なのは重々承知しているけど、アクアマリンの瞳は絶対に折れないと雄弁に語っている。

いつもならここで僕が引き下がるところかもしれないが、今回ばかりは絶対に譲れない。

すると。

「ルディ様は……」

「リズ……？」

「ルディ様は、私の想いを……覚悟を、受け入れてはくださらないのですか！」

「っ!?」

涙を零《こぼ》し、張り裂けそうなほどの声で訴えるリズ。

〝氷の令嬢〟の二つ名からは程遠い、激情を見せて。

「私は！　あの日誓ったのです！　大きな男達から殴られ、蹴られ、苦しみながらも、隠れ震える私のために微笑んでくださったあなた様を、今度は私がこの身に代えて守るのだとッッ！」

「リズ……」

「そのために……そのためだけに、私は強くなったのです！　強さを目指したのです！　だからどうか、この私の想いを受け入れてくださいませ……っ」

僕にしがみつき、胸に額を押しつけるリズ。

でも、僕は……。

「ルドルフ殿下……お傍《そば》で仕えておりました私が、リズベット様のお姿を一番知っております。その想いも、その覚悟も」

「マーヤ……」

「このマーヤ＝ブラント、命に代えましても必ずリズベット様をお守りいたします。ですからどうか、リズベット様の願いをお聞き届けくださいませ……！」

跪き、マーヤは必死に訴える。

だけど……僕は、二人の言葉に苛立《いらだ》ちを覚えてしまった。

「……リズ。君は僕が敵に囲まれて絶体絶命だったとしたら、どうしますか？」

「っ！　も、もちろん、先ほど申し上げましたとおり、この身に代えましてもルディ様をお守りいたします！」

「マーヤは？」

「同じく、この命に代えてもお二人をお守りいたします」

やっぱりだよ。リズもマーヤも、全然分かっていない。

「そんな身勝手な想いに、僕は付き合えません。君は、君を失った時の僕の気持ちを置き去りにするんですか？　マーヤもそんなことをして、僕が喜ぶとでも思ってるの？」

「っ!?」

そうだよ。どうして自分を犠牲にする前提で、僕を守るなんて勝手なことを言うんだ。

僕の未来はリズやマーヤ、ファールクランツ侯爵、テレサ夫人、アリシア皇妃にフレドリク、オスカル、シーラ達がいて初めて成り立つんだ。

どれか一つでも、僕は失いたくないんだ。

「そんな自分を犠牲にしなければならない想いなど、僕はお断りです。二人とも、もう一度よく考えてください」

「ルドルフ殿下、遠征に向けた軍議をいたします。どうぞ中へ」

「はい」

タイミングよくファールクランツ侯爵が声をかけてくれたので、僕はそれに乗っかり、リズとマーヤの横をすり抜けて彼とともに屋敷の中へ入ると。

「……なかなか手厳しいですな。ですが、ルドルフ殿下が正しい」

ファールクランツ侯爵は、どこか満足した様子で頷いた。

軍議を終え、ファールクランツ侯爵を総大将としたバルディック軍は、遠征に向け大急ぎで準備を開始した。

軍の編成、武器や防具、それに糧秣《りょうまつ》の確保、兵站《へいたん》の管理。

やるべきことは山ほどあり、昼夜を問わず急いでも最低三日を要するらしい。

その間、僕とリズは学園を休むことにし、ファールクランツ家の屋敷でお世話になっている……んだけど。

「ちょっと、言いすぎたかなあ……」

ベッドに寝転がり、天井を眺めてポツリ、と呟《つぶや》く。

スヴァリエ領への遠征を決めてから既に二日が経《た》ったけど、実はあれから一度もリズと顔を合わせていない。それも同じ屋敷にいるのにもかかわらずだよ……。

ああ言った手前、僕のほうから話しかけづらいというのもあるし、何よりリズが明らかに僕を避けているようで、使用人達に尋ねても彼女のことを一切教えてもらえない。

それはマーヤも同様で、今は任務に就いているからとなしのつぶてなのだ。

「逢《あ》いたい、なあ……」

などと呟いてみるものの、今回の件に関してはリズ自身が気づかない限り、僕から折れることなんてできない。

これから先の未来を考えたら、絶対に。

僕が寝返りを打ち、悶々《もんもん》としていると。

――コン、コン。

「ルドルフ殿下、失礼しますぞ」

ファールクランツ侯爵が部屋にやって来たので、僕は慌てて起き上がって出迎えた。

「ど、どうなさいましたか？」

「明日の朝には準備も整い、いよいよスヴァリエ領へ向け出立できそうです」

「そうですか」

そうか……いよいよ僕は、戦場に赴くんだな。

この二日間、頭の中で何度もそのことを想像していた。

人を殺すということへの罪悪感、殺されるかもしれないという不安、そして……ヴィルヘルムと決着をつけることへの、奇妙な高揚感。

そんな感情がぐちゃぐちゃになって暴れだしそうになるのを、胸倉を握りしめて必死に抑え込む。

「それに伴い、ルドルフ殿下にこちらを用意しました」

差し出されたのは、ひと振りの剣。

ブレードには本来あるはずの樋《ひ》の代わりに、独特な紋様《もんよう》が施されていた。

「我がファールクランツ家に伝わる、『ネイリング』と銘打たれた剣です。殿下の剣術スタイルにもちょうどいいでしょう」

「これを、僕に……」

僕はファールクランツ侯爵から剣を受け取ると、その重さで思わず落としてしまいそうになる。

でも……単なる剣の重みだけ、というわけじゃない。

この剣にはファールクランツ家の歴史と、僕に託してくれた侯爵の想いが込められているから。

「ありがとうございます……この剣に相応《ふさわ》しい男に、必ずなります」

「クク……期待しておりますぞ」

ファールクランツ侯爵は、そのごつごつした手で僕の頭を撫《な》でてくれた。


「えへへ……」

月明かりにかざし、僕はベンチに腰掛けてネイリングを見つめる。

ファールクランツの後継者として、正式にこの剣まで受け取った嬉しさで、幼い頃のような笑みが零《こぼ》れてしまった。

クレイモアと呼ばれる種類の長剣なので、僕の身長だと少し大きいんだけど、侯爵の言うように僕の剣術は刺突を中心としたスタイルだから、これくらい長いほうが向いている。

「よし！」

僕は立ち上がり気合いを入れると、早くこの剣に慣れるために素振りを始めた。

すると。

「ルディ様」

「リズ……」

現れたのは、槍《やり》を携えたリズだった。

二日ぶりに顔を合わせたからだろうか。それとも、月明かりによるものだろうか。

僕は彼女の幻想的とさえ思えるほどの美しさに、胸が高鳴りただ見惚《みと》れてしまう。

「ルディ様……どうか、私と一手願えますでしょうか」

そう言うと、リズは槍を構えた。

彼女のアクアマリンの瞳に、二日前にはなかった想いと覚悟を湛《たた》えて。

「……分かりました」

僕もネイリングの切っ先をリズへと向ける。

いつもの訓練での手合わせとは違い、互いに真剣。下手をすれば大怪我《おおけが》を負ってしまうかもしれない……って、それはないか。

だって僕もリズも、剣捌《さば》きや槍捌きを誤ってしまうほど弱くはないから。

「では……いきます！」

宣言と同時に、僕は地面を蹴った。

ネイリングの刃渡りが長いとはいえ、リーチで槍に敵《かな》うはずがない。なら僕は、リズに告白したあの試合の時と同じようにするだけだ。

だけど。

「あ……」

リズの槍の穂先が、僕の喉元数センチのところで寸止めされた。

ぶれることもなく、逸《そ》れることもなく。

「僕の負け、ですね」

「ありがとうございました」

僕の敗北宣言を受け、リズは槍を引いてお辞儀をした。

その所作といい、本当に彼女は綺麗《きれい》だ……。

「ルディ様……私の話を聞いていただけますでしょうか」

「もちろんです。何分でも、何十分でも、何時間でも」

「ふふ……すぐに終わりますよ」

肩を竦《すく》めておどけてみせると、リズがクスリ、と笑う。

「二日前にルディ様からお叱《しか》りを受け、私は考えました。どうしてルディ様が、あれほどお怒りになられたのか」

「…………………」

「最初は分かりませんでした。理不尽にも、ルディ様に対して怒りさえ覚えていました。どうして私のこの想いをご理解いただけないのか、と」

そう言うと、リズは僅《わず》かに視線を落とす。

僕はただ、彼女の次の言葉を待った。

「でも……私はどうしてルディ様をお守りしたいのか、なぜそのように誓ったのか、思い返したのです。そうしたら」

「……そうしたら？」

「ふふ、本当に馬鹿だということに気づきました。ルディ様をお守りしたいと思ったのは、あなた様のお傍にいたいから。あなた様と、ずっと一緒にいたいから」

リズの瞳が、僕を捉えて離さない。

次の言葉を……想いと覚悟を、告げるために。

「私は、あなた様と共にありたいのです。いつも、いつまでも。なのにこの身に代えてあなた様をお守りしたら、お傍にいられなくなってしまいます」

そう言うと、リズはちろ、と舌を出して苦笑した。

僕がリズに求めた、本当の覚悟はまさにこれだ。

僕は、僕のためにリズに自分を犠牲にしてほしくなかった。そうではなく、いつまでも僕と共にありたいと……絶対に、自分も守り抜くんだという覚悟を持ってほしかったんだ。

「マーヤ、あなたはどうなのですか？」

リズが振り返り暗闇に向かって言葉を投げかけると、マーヤが目を逸らしながら現れた。

「そ、それはもちろん、私も死ぬつもりなどありません。そもそも私には、ルドルフ殿下に生涯ニンジンを食べさせるという、大切な使命があるんですよ？」

「何その嫌がらせでしかない使命感」

口を尖《とが》らせるマーヤを、僕はジト目で睨《にら》む。

「ルディ様……ですからどうか、あなた様のお傍にいさせてください。私は絶対に、あなた様とこの私自身を守り抜いてみせます」

「このマーヤ＝ブラント、未来永劫《えいごう》お二人にお仕えいたします」

二人が胸に手を当て、僕の答えを待つ。

だから。

「こちらこそ、どうかこの僕の傍にいてください。僕は二人を絶対に守り抜いてみせます。もちろん、この僕自身をも守り抜いて」

「はい！」

「期待していますよ、ルドルフ殿下」

僕とリズ、そしてマーヤは、輝く月が見守る中、微笑み、誓い合った。


「どうかリズとマーヤが一緒に来ることを、認めてはいただけませんでしょうか！」

次の日の朝、いよいよ出発という時になって、僕はファールクランツ侯爵の前で深々と頭を下げていた。

もちろん、リズとマーヤの帯同を許可してもらうために。

「お父様、お願いします。このリズベット、必ず生きて戻ると誓います」

「ルドルフ殿下とリズベット様を、そしてこのマーヤ＝ブラント自身を守り抜くことをお約束いたします」

リズとマーヤが、その覚悟を見せる。

二日前……いや、三日前とは違う、本当の意味の覚悟を。

すると。

「ふむ……よかろう」

「「「っ！　あ、ありがとうございます！」」」

「なに、リズベットとマーヤの実力は折り紙つき。問題は実戦経験が乏しいことだが……クク、その目なら心配なかろう。何より、あのような覚悟を見せられてはな」

「「「え……？」」」

ファールクランツ侯爵の言葉に、僕達は思わず呆《ほう》けた声を漏らした。

ひょ、ひょっとして、昨夜のことを見られていた……？

「……お父様、盗み見はよくないかと」

「あのようなところでこれ見よがしに真剣勝負などしていれば、嫌でも目につくというものだ」

口を尖らせるリズに、ファールクランツ侯爵はくつくつと笑った。

「さて……それでは出立すると……」

「リズベット様ああああああああ！」

「「「っ!?」」」

突然聞こえてきた、リズを呼ぶ女の子の声。

ま、まさか……。

「シーラさん!?」

「えへへ……アンデション家の精鋭五千騎、ファールクランツ閣下の軍の末端に加えてください！」

そう言ってシーラははにかむ。

彼女自身も甲冑を身にまとい、その手には得物である巨大なメイスを……メイス!?

「そ、そのー……」

「私も西の辺境を預かるアンデション家の次期当主です。これまでも国境での小競り合いや賊《ぞく》討伐に参加してきましたし」

意外にもこの中でシーラが一番、実戦経験豊富でした。

「アンデション家の助力、感謝いたす。では、我々と共に」

「はい！」

ファールクランツ侯爵が認めたということは、問題ないと判断したということ。なら僕が、これ以上言うことはない。

「シーラ嬢、どうかよろしくお願いします」

「任せてください！　最推しリズベット様は、このシーラ＝アンデションが守り抜いてみせます！なので……」

「……無事に帰ってきたらね」

「えへへ……！」

終わった後のことを想像してか、シーラがよだれの出た口元を拭《ぬぐ》う。

……一体僕とリズに、何をさせるつもりだろうか。

「ルディ様は、馬の扱いがお上手ですね」

「あはは、ありがとうございます」

帝都を発《た》ってから一週間。馬に乗って隣に並ぶリズが僕を褒めてくれるけど、実は僕、生まれてこのかた馬に乗ったことがない。

じゃあ、どうして馬に乗れているかって？

フフフ……実は前世で馬を乗りこなしていたのだ。

畑を耕したり荷物を運んだりするのに、馬は必需品だったからね。馬くらい乗りこなせないと、仕事にならないんだよ。

「じー……」

だからマーヤ、僕を疑いの目で見るのはやめてくれないかな。

乗馬をしたことのない僕が馬を乗りこなしていることに疑問を持つのは分かるけど、そんなことは些事《さじ》じゃないか。

「それにしても……もう少し、スヴァリエ公爵も僕達の進軍を阻止してくると思いましたけど、ここまで何事もなかったですね」

「はい……」

「えへへ。そのおかげでこの一週間バゲットの消費が激しくて、ストックが残り僅かになってしまいました」

……シーラがよだれを垂らして何か言っているけど、無視しよう。

とにかく、今回のスヴァリエ領攻略のためにファールクランツ侯爵が率いる兵の数は一万。

これだけの人数をたった三日で編成したのには驚いたけど、全てはファールクランツ侯爵の手腕によるもの。

なお、スヴァリエ公爵側の兵の数は諜報《ちょうほう》員からの情報によるとおよそ二千らしく、アンデション家の五千騎を加え、数はこちらが圧倒的に有利。

しかも〝黒曜の戦鬼〟と西方諸国に名を轟《とどろ》かせるファールクランツ侯爵がいるのだ。負ける要素は何一つない。

だけど、僕はずっと違和感を覚えている。

帝国最大貴族であるスヴァリエ家が、たった二千しか兵を保有していないということに。

確かに隣国のルージア皇国と繋《つな》がっているから安心しているのかもしれないが、それでも、これで帝位簒奪《さんだつ》を画策しているとしたらあまりにも準備不足ではないだろうか。

すると。

「伝令！　伝令！」

一人の兵士が、僕達のいるところ……いや、ファールクランツ侯爵へと駆け寄ってきた。

「どうした？」

「は、はっ！　帝都からおよそ十キロの位置に正体不明の軍勢が！　その数、およそ一万！」

「っ!?　なんだと!?」

僕の違和感の正体はこれか……っ！

スヴァリエ公爵はファールクランツ侯爵を領地におびき寄せ、その隙《すき》に帝都を奪うつもりだったのか！

「ぬう……！　忌々しいが、すぐに帝都に引き返して……」

「もう一つ報告が！　一万の軍勢に対し、フレドリク殿下率いる二万の帝国軍、及びオスカル殿下率いる一万五千の軍が挟撃しております！　おそらく、帝国軍が勝利するものと思われます！」

「あ……」

フレドリクとオスカルが、協力して事に当たっているんだ……。

「ルディ様のなさったことが、実を結びました。あなた様の行動が、この帝国をお救いになったのです」

「うん……うん……っ」

『ヴィルヘルム戦記』では暴君と呼ばれたはずの僕が、今では国を救うきっかけを作ることができた。

嬉しくて、嬉しくて、僕は拳を強く握りしめる。

「ようし！　ならば我々は速やかにスヴァリエ領を攻略し、フレドリク殿下とオスカル殿下に加勢する！　進軍を速めよ！」

「「「「はっ！」」」」

ファールクランツ軍は速度を上げ、ようやくスヴァリエ領へと到着した。

■ヴィルヘルム＝フォン＝スヴァリエ視点

「急げ！　ファールクランツ軍はすぐそこまで迫っているぞ！」

俺は慌ただしく、兵士達に指示を出す。

来たるファールクランツ軍……いや、ルドルフ＝フェルスト＝バルディックとの決戦に備えて。

アンネの報告が遅れたことを不審に思い、すぐに帝都を脱出して正解だった。そうでなければ、今頃俺は帝国の連中によって捕らえられていただろう。

「くはは……まだ俺も、ツキに見放されていないということか」

つまりそれは、この俺が帝国を滅ぼして自分だけの国……そう、〝スヴァリエ王国〟を興す未来が約束されているということ。

……いや、この場合は歴史と言ったほうが正しいか。

生前、双子の兄だったパトリックは俺に言った。『ヴィルヘルムこそが、この国を統《す》べる王となる者』だと。そのことを、『歴史が証明している』と。

そう……パトリックこそ、今より三百年後の未来から生まれ変わってやって来た者。その歴史の全てを、俺はあの男から聞いたのだ。

とはいえ。

「聞いていた歴史とは、既に大きく変わってしまっているがな」

本来の歴史では、〝氷の令嬢〟リズベットは俺の恋人になり、孤独なルドルフは皇帝やその愛人の自分の母であるベアトリス、三人の兄に憎悪を抱き、次々と暗殺していく。

それも帝立学園に入学して間もなく、ルドルフは行動に移るはずだったのだ。

だというのに。

「クソッ！　本当に忌々しい奴だ！」

俺は傍《そば》にあった椅子を蹴り飛ばし、歯《は》噛《が》みする。

歴史において英雄の俺と暴君ルドルフが天敵同士ということもあるが、その歴史とは違う真似ばかりしたあの男のせいで、俺は何一つ上《う》手《ま》くいかない。

何より……あの男は、ひょっとしたら俺であったかもしれないのだから。

「まあいい。歴史とは違うが、この俺が負ける要素はない。一週間もすれば、その時は俺がこの国の王だ」

帝国の武の象徴であり〝黒曜の戦鬼〟ファールクランツをおびき寄せ、ここで引きつけている隙《すき》にこの日のために用意したスヴァリエ軍一万の軍勢で帝都を攻略。皇帝を倒せば俺の勝利だ。

それに、クーデター成功後もルージア皇国が支援を約束してくれている。反乱分子を一掃し、その時こそ俺のスヴァリエ王国建国を宣言するとしよう。

「もちろんルドルフだけでなくファールクランツも、ここで死んでもらうつもりだがな」

そのための準備も既に整っている。あとは連中を罠《わな》に嵌《は》めるだけ。

邪魔な二人が消えれば、その時こそ……。

「……リズベット、この俺がルドルフから解放してやろう」

俺の妻となる、運命の女。

最初はパトリックに従って近づいたことは確かだが、いつしか俺は、あの氷のように冷たい瞳の中に宿る熱情と慈愛に、心を奪われてしまっていた。

俺は……リズベットが欲しい。

「〝ニキータ〟殿、頼んだぞ」

「お任せください、ヴィルヘルム様。このニキータとルージア皇国が必ず、あなた様をこの国の王にしてみせましょう」

「ああ」

胸に手を当て跪《ひざまず》く、ルージア皇国の美しき使者ニキータ。

俺は彼女を見て頷《うなず》くと。

「ルドルフよ！　早く来い！　その時こそ、歴史どおり貴様を葬ってやる！」

俺はファールクランツ軍の……ルドルフのいる方角を見据え、口の端を吊《つ》り上げた。


スヴァリエ領に入ってからもファールクランツ軍は休むことなく進軍を続け、いよいよスヴァリエ公爵の本拠地ヴァンダに迫った……んだけど。

「あれが、ヴァンダ……っ」

高くそびえ立つ壁に囲まれている城塞《じょうさい》都市ヴァンダの姿に、リズは唖然《あぜん》とする。

確かにそれは、まさしく難攻不落の要塞《ようさい》だった。

「……ここは、ルージア皇国との有事の際の防衛拠点なのだ。だからこそ、皇族であるスヴァリエ公爵家がこのヴァンダを任されている所以《ゆえん》」

ファールクランツ侯爵が、珍しく苦虫を噛《か》み潰《つぶ》したような表情を浮かべた。

確かにこの要塞なら、たとえ二千人しか兵がいなくても、僕達一万五千の攻撃を受けても持ちこたえるかもしれない。

攻めあぐねているその間に、スヴァリエ軍の別動隊一万の軍勢が帝都を攻略してしまったら……。

「つくづく、フレドリク殿下とオスカル殿下には感謝しかありませんな」

「ええ……」

そんな最悪の事態を回避できたのは、全てフレドリクとオスカルが手を結んでくれたおかげ。

そしてその事実を、ヴァンダに二千の兵と一緒にいるであろうヴィルヘルムは知らない。

なぜかって？　ヴァンダへと向かわせている別動隊の伝令を、ファールクランツ侯爵子飼いの諜《ちょう》報《ほう》員達が全て始末しているからだよ。

今頃ヴァンダにいる連中は勝利を確信し、呑気《のんき》に浮かれているかもしれない。

「さて、ルドルフ殿下にお尋ねします。殿下ならこのヴァンダを、どのように攻略しますか？」

「どのように、ですか……」

ファールクランツ侯爵が僕に尋ねたのは、きっと試しているのだろう。何せ僕は、後継者として認められたのだから。

なら、絶対に期待に応えてみせる。

「スヴァリエ公爵がルージア皇国と手を握っていることが分かっている以上、そもそも少ない兵で守っていること自体が罠の可能性があります。考えられるのは、僕達がヴァンダ攻略に集中している隙に、ルージア軍によって背後を突くこと」

「では、我々が取るべきは？」

「もちろん、ルージア軍がこちらの背後に回るよりも先に、ヴァンダを攻略してしまうこと」

「とはいえ、簡単にはいきますまい。性急に動けば、こちらにも被害が出る」

「ええ……ですが」

僕はファールクランツ侯爵を見据え、すう、と息を吸うと。

「このヴァンダの弱点を、僕は知っています」

「っ!?」

その一言に、ファールクランツ侯爵が息を呑《の》んだ。

「実はたまたま皇宮にある文献で、ヴァンダの見取り図を見たことがあるんです。だから……」

「ふむう……まさかそのような予想外の答えが返ってくるとは思いませんでしたな」

ファールクランツ侯爵は顎《あご》を押さえ、どこか感心したような表情を浮かべる。

ちなみに僕がヴァンダの弱点を知っているのは事実だが、皇宮で見取り図を見たというのは真っ赤な嘘《うそ》だ。

弱点については、『ヴィルヘルム戦記』に記されていたから知っているだけに過ぎない。

僕がリズに暗殺されてバルディック帝国が滅んだ後、混乱に乗じて帝国……いや、スヴァリエ王国に侵攻してきたルージア皇国は、このヴァンダを制圧した。

その奪還に向かったヴィルヘルムの軍勢は、奇策を用いて瞬《またた》く間にヴァンダを奪還したのだ。

ヴァンダの西側に延びている、脱出用の地下通路を使って。

元々この要塞は対ルージア皇国用に建設されているんだ。当たり前だが地下通路も帝都に向かって延びている。

この地下通路を利用し、ヴィルヘルムはヴァンダ内部に奇襲を仕掛けたのだ。

「……ですので、あの丘に地下通路の出口……つまり、ヴァンダ内部への入口があるはずです」

「おい！　今すぐ調査に向かうのだ！」

「はっ！」

ファールクランツ侯爵の指示を受け、斥候が西側へ調査に向かうこと、十数分。

「ルドルフ殿下のおっしゃるとおり、地下通路の入口らしきものを発見しました！　ここから内部へ侵入できそうです！」

「そうか！　ならば、先遣隊として五百の兵で内部に切り込み、ヴァンダの城門をこじ開けろ！」

「はっ！」

ファールクランツ侯爵は指示を出して瞬く間に先遣隊の五百の兵を編成し、地下通路の入口前へと向かわせる。

そこへ。

「ファールクランツ閣下。その先遣隊に、僕も加わることをお許しください」

「ルドルフ殿下が、ですかな……？」

鋭い視線を向けるファールクランツ侯爵に、僕は力強く頷く。

「ヴァンダの内部を一番よく知っているのは、見取り図を覚えているこの僕です。なら、最短距離で城門までたどり着くこともできます」

「むう……」

きっと心配してくれているのだろう。ファールクランツ侯爵が僕を見て唸《うな》った。

「閣下！　どうかお願いします！」

僕は、深々と頭を下げて懇願する。

そして。

「……分かりました。ただし、無茶はなさいませぬよう」

「！　あ、ありがとうございます！」

かぶりを振る侯爵に、僕はもう一度頭を下げた……って。

「リズ!?」

「ルディ様が行かれるのであれば、私もご一緒いたします。なら、お父様にお願いするのは、この私も同じですから」

いつの間にか隣で同じように頭を下げていたリズが、ニコリ、と微笑《ほほえ》む。

本当に、君という女性《ひと》は……。

「そうですね……僕と君は、いつも、いつまでも一緒ですからね」

「はい、そのとおりです」

「……まさかルドルフ殿下は、この忠臣マーヤを置いていったりはなさいませんよね？」

「あ、あはは、馬鹿だなあ。もちろんだよ」

ジト目で睨《にら》むマーヤに、僕は背中に冷たい汗を感じつつ苦笑する。

ちょっと存在を忘れていたことは、絶対に黙っていよう。

「行きましょう、リズ、マーヤ。スヴァリエ公爵を……ヴィルヘルムを、打ち倒しに」

「「はい！」」


「こちらです」

地下通路の中を、僕は先頭を歩いて先遣隊五百の兵を先導する。

僕の隣には、リズとマーヤ……だけでなく、なんとシーラもいた。

こんな危険な任務に付き合わせるつもりはなかったのだけど、『きっとお役に立ちますから、任せてください！　連れていってくださらなければ、五千の兵も引き上げます！』などと脅されてしまったのだ。

さすがにルージア軍が援軍として来る可能性が非常に高いこの状況で、アンデション家の兵に離脱されるのは厳しい。

なのでファールクランツ侯爵了承のもと、シーラも同行することになった。

「……今頃、上ではお父様が攻撃を始めているでしょうか」

「はい、きっと。僕達を、より安全に侵入させるために」

ファールクランツ侯爵が正面から攻撃を仕掛けることによって敵兵を引きつけ、その隙に僕達が中に侵入して一気に城門を制圧。扉を開けてファールクランツ軍を招き入れる作戦だ。成功すれば、ルージア軍が到着する前に全てが終わる。

もちろん、僕とヴィルヘルムの戦いも。

「さあ、距離からすればもうそろそろ地上への出口……つまり、ヴァンダの内部への入口に到着しますよ……って」

そう言った矢先、僕達の目の前には鉄製の大きな扉があった。

さて……この扉、どうやってこじ開けようか。

当然のことながら、扉の向こう側から鍵をかけているために開くことができないし、かといって扉を壊すにはかなり時間がかかってしまう。それでは、向こうに気づかれかねない。

そう考えていると。

「えへへ、任せてください！」

「シーラ嬢!?」

「やあああああああああッッッ！」

掛け声一閃《いっせん》。シーラは鉄の扉に巨大なメイスの一撃を叩《たた》き込んだ。

――ドゴンッッッ！

激しい音とともに、鉄の扉が吹き飛ぶ。

圧倒的なのは、その胸だけじゃなかった。いや、とんでもない膂力《りょりょく》だなあ……。

「さあ！　一気に城門へとなだれ込みましょう！」

「「「おおおおおおおおおおッッッ！」」」

勢いに乗ったシーラの号令により、五百人の兵士が城門へ一気に突き進む。

「な、なんだ!?」

「コイツ等、一体どこから!?」

突然現れた僕達に、戸惑うスヴァリエの兵士達。

それをシーラとファールクランツの兵が次々と斬り伏せ、叩き潰していく。

もちろん、僕達も……なんだけど。

「……シーラ嬢。城門は、この先真《ま》っ直《す》ぐです」

「え？　ルドルフ殿下？」

立ち止まった僕達を、シーラが不思議そうに見つめた。

「申し訳ありません。僕達には、やらなければならないことがある」

そう……僕はヴィルヘルムと、決着をつける。

そのために先遣隊に加わり、ここまで来たのだから。

「えへへ、任せてください！　城門は、この私が絶対にこじ開けてみせます！」

「よろしく、お願いします……」

豊満な胸を叩き、シーラが笑顔で応える。

そんな彼女に、僕は深々とお辞儀をした。

「さあ！　行こう！」

「「はい！」」

シーラと別れ、僕達は要塞の中へとさらに突き進んでいく。

「っ!?　敵襲！　敵……ガフッ!?」

「遅い！」

僕達を見て叫ぼうとする兵士の喉を、ネイリングで突き刺した。

これが僕の、初めての人殺しだ。

「ルディ様……」

「すみません。急ぎましょう」

そうだ、今はいちいち感傷にふけっている暇はない。

あの男が……ヴィルヘルムが逃げ出してしまう前に、絶対に見つけ出さないと。

「グハッ!?」

「ギャ!?」

次々に現れる兵士を、僕の剣が、リズの槍《やり》が、マーヤのマチェットが、全て葬っていく。

マーヤはともかく、リズも僕と同じで人を殺すのは初めてだ。

でも……リズはただ必死に槍を振るい、敵の息の根を止めていった。

「ハア……ハア……」

「リズ」

「っ!?　……あ」

肩を叩くと、リズは身体を勢いよく翻し槍を振り上げたところで、ようやく僕だと気づいた。

それと同時に、リズが力なく槍を落とす。

「もう……ここに敵はいません」

「は、はい……」

いくら強くても、リズは僕と同じ十五歳。

前世で村人とはいえ大人だった僕とは違って、リズの心が傷ついて当然なんだ。

だから。

「あ……」

「リズ……僕のリズ……ここから先は、この僕が全て引き受けます。だから……」

リズを抱きしめ、そっとささやく。

もうこれ以上、傷ついてほしくないから。

でも。

「ん……ルディ様、大丈夫です」

「リズ、ですが……」

「私はあなた様との未来をつかむため、ここに来ております。この手を汚さずにそれを手に入れるなどと、おこがましいことを考えてなどおりません。だから」

リズが、顔を上げると。

「私は戦う。愛するルディ様と共に」

僕の女神は、凛《りん》とした表情を見せる。

つらく苦しい思いも、全て受け入れて。

「……本当に、君は強いですね」

「ルディ様こそ。私の強さは、あの日あなた様からいただいたものですから」

僕とリズは、微笑み合う。

互いに、敵の返り血を浴びた顔で。

「さあ、行きましょう」

「はい！」

「……この私が、完全にオマケ以下ですか。これは、少し目立たねばなりませんね」

いやマーヤ、こんな時に何を言ってるの？　お願いだから、余計なことはしないでね。

僕は一抹の不安を覚えつつ、リズの手を引いて要塞の奥へと進む。

そして。

「こんなところで一人でのんびりしているなんて余裕じゃないか」

「っ!?　……ルドルフ……ッ！」

とうとう僕達は、甲冑《かっちゅう》を身にまとい大きな剣を携えるヴィルヘルムを発見した。

「どうやってここに……」

「簡単だよ。貴様なら知ってるんじゃないか？　このヴァンダにある、脱出用の地下通路を」

「っ!?」

意外だったらしく、ヴィルヘルムがさらに狼狽《うろた》える。

へえ……そっちの姿のほうが、よく似合うよ。

「いつも余裕ぶっているくせに、珍しいな」

「…………………………」

ヴィルヘルムが、琥珀《こはく》色の瞳で僕を睨みつけた。

「ところで……どうして貴様しかいないんだ？　貴様のことだから、万が一に備えて護衛を潜ませていてもおかしくないと思ったんだけど」

そう言って、僕は周囲を見回すが、どうやら本当に誰もいないみたいだ。

一万五千の兵で正面から攻め込まれては、たった二千人しかいないスヴァリエ軍では護衛に回すほどの余裕もないということか。

だけど。

前世の記憶を取り戻してからの僕が知った、ヴィルヘルムという男。

それは『ヴィルヘルム戦記』にあるような、誰もが憧れた……前世の初恋の女性《ひと》が憧れた英雄とは程遠い、卑怯《ひきょう》で、卑劣で、狡猾《こうかつ》な奴だ。

そんな男が、果たしてなんの備えもなしに一人でいたりするのだろうか……って。

「殿下！」

「っ!?」

マーヤに強引に引っ張られ、僕は体勢を崩してよろめく。

そこへ。

――トッ、トッ。

二本の投げナイフが、床に突き刺さった。

「外しましたか」

「「っ!?」」

一人の女性が、姿を現す。

輝く白銀の髪と、虚無を湛《たた》える灰色の瞳。

彼女がナイフを投げた張本人のようだ。

「はは、やっぱりね。決して正々堂々と戦おうとはしない貴様らしいな」

「フン」

僕の皮肉を、ヴィルヘルムはふてぶてしくも鼻を鳴らして受け流す。

この態度だけは、英雄っぽいかもしれない。

「それで？　見たところ、その彼女はルージア人みたいだけど」

「ああ、そうだ。それもルージア皇国屈指の暗殺者。貴様等を葬るには、おつりがくる」

なるほど、ね。だからコイツは余裕でいられるということか。

でも、それ以上に。

「……今の言葉、本気なのか？」

「本気とは？」

「貴様の言った、『貴様等を葬るには、おつりがくる』がだ！」

怒りに任せ、僕は叫んだ。

なぜこんなに怒っているかって？　当然だ！

僕に対しての言葉ならいい。所詮《しょせん》、僕とヴィルヘルムが相容《あいい》れることはないのだから。

だけど！　コイツの放った『貴様等』には、リズが含まれているじゃないか！

「やはり貴様は、リズをファールクランツ家の軍事力を手に入れるための道具としか見ていなくて！　それで僕とリズの思い出を利用して！　騙《だま》して！　リズを……リズを、ただ弄《もてあそ》んだのか！」

「……だから、どうした」

ヴィルヘルムが目を逸《そ》らし、そう吐き捨てる。

やっぱり、この男にとってリズは……って。

「ルディ様……あなた様が気に病む必要はございません」

「リズ……？」

リズが微笑みながら、僕の手をそっと握りしめた。

「この男が本当に私に懸想しているのだとしたら、それこそ迷惑というものです」

「ですが……それでは、君があまりにも……」

「私は、あなた様の想いだけが欲しいのです。なら、むしろ私にとってそのほうが助かります。この男に本気で私のことが好きだと言われても、困るだけですので」

どうやらリズは、本気でそう思っているようだ。

君が傷ついていないのであれば、僕は構わないけど……って。

「……っ」

ヴィルヘルムの奴が、血を流すほど強く唇を噛んでいる。

そうか……コイツ、実は……。

「……もういいだろう。その女が加勢したところで、貴様はもう終わりだ。それに……聞こえるだろう？」

そう言うと、僕は自分の耳を指差す。

聞こえてくるのは。

『城門が開いた！　全軍、突き進めえええええええッッッ！』

『『『おおおおおおおおおッッッ！』』』

ファールクランツ侯爵の張り裂けんばかりの声と、それに応える一万五千の兵の気勢。

これで、勝負ありだ。

なのに。

「ク……クハハ……」

「……ヴィルヘルム？」

「クハハハハハハハハ……ハア。そうだな、この場においては貴様の勝ちだ」

大声で笑いだしたかと思うと、ヴィルヘルムは大きく息を吐き、肩を竦《すく》めた。

「だが、スヴァリエ軍一万の軍勢が、今まさに帝都を襲撃している。ひょっとしたら既に陥落しているかもしれないな」

そう言うと、ヴィルヘルムが口の端を吊り上げる。

ああ、なるほど。そういえばこの男はまだ知らないんだったな。

「ああ、そうだな。フレドリク兄上とオスカル兄上率いる三万五千の帝国軍が、今頃スヴァリエ軍を撃退しているだろうね」

「っ!?　な、なんだと!?」

「あはは、残念だったな」

まさかあの犬猿の仲の二人が協力するなんて、思いもよらなかったのだろう。目を見開き驚きの声を上げるヴィルヘルムを見て、僕は嘲笑《あざわら》った。

「スヴァリエ領を囮《おとり》にした帝都攻略は失敗に終わった。どうせ貴様のことだから、ルージア皇国からの援軍をファールクランツ軍の背後につけるつもりだったんだろうけど、それも先遣隊によって城門を突破した今、もはや貴様達に勝ち目はない」

「…………………」

「だけど、このまま貴様を捕らえてそれで終わりにするつもりも、僕にはない。ここで決着をつけよう」

そう言うと僕はネイリングを抜き、切っ先をヴィルヘルムへと向ける。

「……ああ、そうだな。ここで貴様との因縁を終わらせるとしよう。だから……死ね」

「っ!?」

ヴィルヘルムのその言葉を合図に、ルージアの女が短剣を両手に握りしめ、僕目がけて襲いかかってきた。

だが。

「…………………」

「見くびらないでください。この私が好きにさせるとでも？」

「リズベット様、ここは私が」

ルージアの女の短剣を、リズの槍とマーヤのマチェットが受け止めた。

「ルディ様、この女は私達が仕留めます。あなた様はヴィルヘルムを」

「リズ……マーヤ……」

リズとマーヤが、僕を見て頷く。

そうだね……僕を守り、自分も守り抜くと誓ってくれた君達だ。

なら、僕は君達を信じ、そして。

「二人とも、頼んだよ。僕は……ヴィルヘルムとケリをつけるッッッ！」

地面を蹴り、僕は一気にヴィルヘルムへと迫る。

まだリズには及ばないけど、それでもファールクランツ侯爵に鍛えてもらった僕の剣。ヴィルヘルムごときに負けるはずがない。

なのに。

「く……っ！」

「……なかなか鋭い突きだな。少しでも反応が遅れていたら、今ので終わっていた」

ヴィルヘルムは僕の渾身《こんしん》の突きを、巨大な剣で受け止めた。

コイツ……やはり侮れない。

「ああああああああああああああああッッッ！」

僕はすぐに剣を引き、突きの連撃を繰り出す。

眉間、首、心臓、鳩尾《みぞおち》、急所目がけて一気に。

「ぬ……く……っ」

ネイリングが大きな剣とはいえ、それでもヴィルヘルムの剣では取り回しがきかず、防ぐだけで精一杯で反撃に転じるのは難しい。

そこを突き、何としてでも一撃を加えてみせる……っ!?

「な……っ!?」

ヴィルヘルムの甲冑による蹴りにより、僕は一気に飛び退《の》いた。

「舐《な》めるなよ」

「馬鹿め！　距離さえ取ることができれば、俺が有利だ！」

距離が生まれた隙に体勢を整えたヴィルヘルムが、大剣を一気に振り下ろす。

咄嗟《とっさ》に受け止めるものの、ヴィルヘルムは体重を乗せて押し込んでくる。

「クハハハハ！　どうする？　貴様のように体格の劣るチビが、いつまでもつかな！」

「くそ……っ！」

かろうじて持ちこたえているが、ヴィルヘルムの言うとおりこのままではジリ貧だ。

それに。

「く……っ！」

「……厄介ですね」

「フフ、その程度ですか」

リズとマーヤは二人がかりだというのに、ルージアの女に劣勢を強いられている。ヴィルヘルムが信頼しているだけあって、かなりの実力者のようだ。

だけど。

「っ!?」

「ふふ、あなたのおっしゃるとおり、この程度です」

リズがお返しとばかりに、ルージアの女の短剣を槍で叩き落とした。

建物の中という不利な状況下でこんなことができるんだから、本当にすごいのはやっぱりリズだ。

「見てのとおり、僕の助けは必要ないようだよ」

「……そうみたいだな」

さすがのヴィルヘルムも、リズの強さは認めざるを得ないみたいだな。

「はは……どうだい？　僕の婚約者は、ただ優しくて綺麗《きれい》なだけじゃない。こんなにも強いんだ」

両足に力を込めて少し押し戻すと、僕はヴィルヘルムに向けて不敵な笑みを浮かべた。

リズに特別な感情を抱いているヴィルヘルムだからこそ、僕のこの言葉は悔しいだろうな。それが分かっていて、あえて言ってやったんだけどね。

「……ああ、貴様の言うとおりだ。リズベットが強く美しいことは、最初から分かっていた」

「やけに素直じゃないか……だけど駄目だよ。リズはこの僕の婚約者なんだから」

それこそ今さらだろう。

こんなことを言ってはなんだが、ヴィルヘルムも最初から誠実にリズと接していれば、ひょっとしたら『ヴィルヘルム戦記』とはまた違った彼女との関係を構築できたかもしれない。そんな可能性、僕は絶対にお断りだけど。

「貴様が」

「？」

「貴様が最初から暴君ルドルフであったなら、こんなことにはならなかった……！」

「ぐ……ぐぐ……っ」

鬼の形相のヴィルヘルムがさらに体重を乗せ、恐ろしく低い声で告げた。

だ、だけどコイツ、僕のことを『暴君』って…………………………まさか⁉

「ヴィルヘルム！」

「貴様は英雄であるこの俺のための噛ませ犬に過ぎない！　強引に俺から奪った挙句、リズベットによって無様に殺されるだけの、惨めなルドルフに！」

やっぱりそうだ。この男は歴史を知っている。

そうでなければ、まだ誰からも呼ばれたことがない『暴君』という肩書も、リズに暗殺される未来も知っているはずがないのだから。

つまり。

「貴様も……貴様も転生者……なのか……っ！」

「何を訳の分からないことを言っている！　……が、そうか。そういうことか！」

何かに気づいたかのように、ヴィルヘルムが醜悪な笑みを浮かべて叫ぶ。

「がっ⁉」

「クハハハハハハハハ！　どうりでことごとく失敗するはずだ！　リズベットとの仲も！　フレドリクとオスカルの確執も！　ロビンの失脚も！　全ては貴様が本来の歴史を塗り替えていたのだからな！」

力任せに僕を弾《はじ》き飛ばし、ヴィルヘルムは天井を見上げて高らかに嗤《わら》った。

転生者かどうかは定かじゃないけど、いずれにせよこの男の全ての行動は歴史を……『ヴィルヘルム戦記』をなぞらえたものだということか。

「な、なら……なおさら僕は、貴様を止めなくちゃならない。貴様が歴史どおりに進めるということは、多くの人を不幸にするということだから」

ゆっくりと立ち上がり、僕はヴィルヘルムを見据える。

そうだ。僕はこの男を止める。止めてみせる。

リズがこの男のものになるという、最大の不幸を回避するために。

「ああああああああああああああッッッ！」

ネイリングを高々と掲げ、僕は叫ぶ。

僕の、リズの、マーヤの、ファールクランツ侯爵の、アリシア皇妃の、フレドリクの、オスカルの、シーラの、大勢の人達の未来をつかむために。

この剣に、僕のありったけの想いを込めて。

僕は。

「絶対にヴィルヘルムに勝つ！　勝って、『ヴィルヘルム戦記』じゃない、僕だけの歴史を作るんだあああああああああッッッ！」

「やれるものならやってみろ！　俺は貴様を倒し、次へと進む！　英雄ヴィルヘルムとしてッッッ！」

僕の剣とヴィルヘルムの剣が交差し、火花を散らす。

お互いに譲れないものがあって、それは決して相容れることができない。

だけど……あははっ。ひょっとしたら僕とコイツは、似た者同士なのかも。

だってそうだろ？　これから先の歴史を知っているからこそ、その歴史に翻弄《ほんろう》され、互いの歴史をかけて命がけで闘っているんだから。

「このおおおおおおおおおおおおッッッ！」

「うおおおおおおおおおおおおッッッ！」

戦闘を開始してから、どれくらい経《た》っただろう。

十分以上も闘っているような気がするし、まだほんの数十秒かもしれない。

でも、僕達の闘いの終わりは、間違いなく近づいていた。

それを告げるのは。

「か……は……っ!?」

ルージアの女が僕達の横を飛び、壁に打ちつけられる。

僕の最愛の婚約者、リズベット＝ファールクランツによって。

「……先ほどからルディ様とあなたが何を話しているのか、私には理解できません。ですが」

リズは槍の穂先をヴィルヘルムへと向けると。

「どのような歴史が……未来が待っていようとも、私の想いはルディ様と共に。それはあの日から想い続けた最愛の御方が戦いを始めたことによって、不変となったのです」

「リズ……」

あの『ヴィルヘルム戦記』ではヴィルヘルムに騙され、本来の想い人である暴君ルドルフを暗殺し、歴史の表舞台から消えてしまったリズ。

前世の記憶を取り戻した僕は、この世界で生き残るために……歴史を覆すために、リズから離れることを選択した。

だというのに婚約相手として選ばれたのはリズで、断られるために嘘を吐《つ》いたり情けない姿を見せても全部裏目に出て、僕のたった一つの宝物を見られてしまって。

それで……僕はたった一人見ていてくれた想い人と、再び出逢《であ》うことができたんだ。

でも、そのきっかけは。

「なあ、ヴィルヘルム」

「……なんだ？」

「貴様は言ったよな。『全ては貴様が本来の歴史を塗り替えていた』って」

「何が言いたい」

「違うんだよ。確かに僕は、最悪の歴史を覆すために全力を尽くした。だけど」

僕は懐に忍ばせていた大切な宝物……あの日、リズがくれた金貨を掲げると、その瞬間、ヴィルヘルムの顔が歪《ゆが》む。

「そうだ。全てを台無しにしたのは貴様の嘘。この金貨をブローチと答えたその時、歴史は変わったんだよ」

「黙れッッッ！」

ヴィルヘルムはこれ以上なく険しい表情を見せ、これ以上何も言わせないとばかりに言い放つ。

考えたら、ヴィルヘルムも憐《あわ》れな男なのかもしれない。

目の前にぶら下がる『英雄ヴィルヘルム』という約束された歴史という名の餌に食いつき、翻弄されて、それが全てなのだと信じて疑わない。疑うことができない。

……いや、ひょっとしたら『ヴィルヘルム戦記』という歴史そのものが、歴史を知る者によって作られた歴史であり、永遠に歴史を繰り返し続けているのかもしれない。

だからこそ。

「僕がこの歴史に終止符を打つ！　貴様を倒し、違う歴史を刻むんだッッッ！」

「やれるものならやってみろおおおおおおおおおッッッ！」

僕とヴィルヘルムの剣が、再び交差する。

そんな僕達の闘いを、リズとマーヤが固唾《かたず》を呑んで見守ってくれていた。

そうだよ。僕は大切な君達がいるからこんなにも強くなることができて、ここまで来れたんだ。

だから、最後まで僕を見ていて。


——きっと僕は、勝利してみせるから。


「ああああああああああああああああッッッ！」

「っ！　そんなものが通用するかッッッ！」

僕の突きを予測したヴィルヘルムが、それに合わせるように同じく突きを繰り出す。

これは……リズに想いを告げたあの時と同じ……！

なら！

「っ!?　なんだと!?」

「これで……終わりだああああああああああああああああッッッ！」

床を思いきり蹴って前へと飛び込んだ僕。

ヴィルヘルムの大剣が僕の左肩を捉え抉《えぐ》ったけど、お構いなしに僕はさらに前に出て踏み込む。

その刹那《せつな》。

「が……は……っ!?」

僕のネイリングの切っ先が、ヴィルヘルムの喉を貫いた。

だけど、これだけで終わらない。

「ごぱ……っ!?」

柄《つか》をぐりん、と九十度回転させ、さらにヴィルヘルムの喉を抉った。

これで。


――僕の、勝利だ。


「ひゅー……ひゅー……」

床にもんどりうって倒れ、ただ死を待つだけのヴィルヘルム。

残された時間は、数分にも満たないだろう。

一方の僕も、ヴィルヘルムの剣によって左肩を負傷し、今もとめどなく血が流れている。

「ルディ様！」

リズが、僕の元へ駆け寄ってきた。

アクアマリンの瞳を涙で濡らし、顔を真っ青にして。

「リズ……僕は、勝ちましたよ」

「はい……はい……っ！　ですが、まずは手当てが先です！　マーヤ！」

「はい！」

同じく傍に来たマーヤが、手早く止血をしてくれた。

リズとマーヤが心底焦っている様子を見ると、僕の傷はかなり酷《ひど》いみたいだ。

「……たとえ宿敵とはいえ、このまま捨て置くのは忍びない。せめて僕の手で、貴様の歴史を終わらせてやる」

そう言うと、僕はネイリングを振り上げ、血が噴き出しているヴィルヘルムの喉を見据える。

あとは、力いっぱい振り下ろすだけ。

その時。

「ご……ごぽぽ……」

……何か喋《しゃべ》ろうとしている？

「なんだ、何が言いたい」

いったん剣を下ろし、僕は耳を傾けると。

「……せいぜい、苦し……む……がいい……貴様は、どう足掻《あが》いて、も……不幸に、しか……ならな、い……」

「どういう意味だ？」

「クハ……ハ……貴様、は……知らんのだ……所詮、あの男の……ヨーラン、の……手駒に、過ぎん……俺……も……貴様、も……」

どういうことだ？　僕が、スヴァリエ公爵の手駒？

「ヴィルヘルム、それは一体……」

「がは……っ！　ごほ……ごほ……」

首元を押さえ、ヴィルヘルムが苦しそうに咳《せ》き込む。もう言葉を発するのも限界のようだ。

「クハ、ハハハハハ……貴様は、郭公《かっこう》……だ……」

「郭公……って……」

「あの世、で……待って、いる、ぞ……弟よ……」

「っ!?　おい！　ヴィルヘルム！」

「ご……ぽ……」

胸倉をつかみ問い質《ただ》すが、ヴィルヘルムは口から血の泡を噴き出し、そのまま息絶えた。

郭公……弟…………………っ!?

「そ、そん、な……」

「っ!?　ルディ様!?」

ヴィルヘルムの最後の言葉の意味を理解し、僕は膝から崩れ落ちる。

そう、か……僕は……本当の意味で皇子なんかじゃなかったんだ……。

僕は……僕は……っ。

「ああああああああああああああああああああッッッ！」

天井を見上げ、僕は叫ぶ。

その事実を、受け入れることができなくて。

――本当の父親がヨーランで、宿敵ヴィルヘルムと本当の兄弟だという事実を。


「……ルドルフ殿下、残念ながらあの女を見つけることはできませんでした」

床にへたり込み壁に持たれている僕に、マーヤが苦渋の表情で報告する。

ヴィルヘルムとの決戦の後、いつの間にかルージアの女の姿が消えていた。

僕が事実を知って放心していた隙を突き、逃げ出したのだろう。

「ルディ様……ルディ様……っ」

そんな僕の肩に寄り添い、涙を零《こぼ》しているリズ。

優しい彼女は、僕の心が壊れてしまうんじゃないかと必死に支えてくれていた。

……そうだね。いつまでもこんなくだらないことで、落ち込んでいる場合じゃない。

「あ……」

「リズ、ありがとうございます。僕はもう大丈夫ですよ」

「で、ですが……っ!?」

「そもそも僕は、あの男から……皇帝から、一度だって父親としての情を向けられたことはないんです。それがスヴァリエ公爵に変わったところで、同じことだから」

そう……父親が誰かなんて、関係ない。

僕が本当に父親だと思っているのは……父親であってほしいのは、ファールクランツ侯爵だけなのだから。

「さ、さあ！　ヴィルヘルムも倒したんです！　早くファールクランツ閣下に合流しましょう！」

そう言って僕は立ち上がり、気丈に振る舞ってみせる。

すると。

「「「「おおおおおおおおおおおおおおおッッッ！」」」」

ヴァンダ内部から、凄《すさ》まじい歓声が聞こえた。

ファールクランツ侯爵が、ヴァンダを完全に制圧したみたいだ。

「リズ、行きましょう」

「はい……」

僕とリズ、それにマーヤは、ファールクランツ侯爵の元へと向かうと。

「っ!?　ルドルフ殿下、その怪我《けが》は……！」

「かなり深く傷を負いましたが、幸いにも致命傷ではありません。ただ、絶対安静が必要です」

目を見開くファールクランツ侯爵に、リズが淡々と説明した。

「そうか……」

表情も変えずに短く告げるのみの、ファールクランツ侯爵。

でも。

「閣下、よかったですね」

「本当です。ルドルフ殿下にお会いするまで、ずっと気が気でないご様子でしたから」

「っ!?　お前達！」

傍にいた兵士達に揶揄《からか》われ、ファールクランツ侯爵が大声で叫んだ。

どうやら本気で僕のことを心配してくれていたみたいだ。嬉《うれ》しい。

「コホン……とにかく、後のことは私に任せ、殿下はお休みくだされ」

「ファールクランツ閣下、その前にお話ししなければならないことがあります」

「む……話、ですか？」

「はい」

覚悟を決め、僕はヴィルヘルムが今際《いまわ》の際《きわ》に告げた事実を告白した。

僕の本当の父親は皇帝ではなく、スヴァリエ公爵であることを。

そして……僕とヴィルヘルムは、腹違いの兄弟であること。

「むうう……っ」

さすがに予想外のことに、ファールクランツ侯爵は思わず唸る。

僕だって、いまだに信じられない気分だ。

でも、それよりも。

「閣下……お願いします！　僕は第四皇子でもない、ただのルドルフです！　ですが……ですが、もしお許しいただけるのであれば、どうかリズと、このまま一緒にいさせてください！」

僕はその場で平伏し、地面に額をこすりつけて懇願した。

そう……ヴィルヘルムのあの言葉で、僕はとうとう第四皇子という立場も失ってしまった。

元々僕とリズの婚約は、皇帝の命《めい》によって成立したもの。ならば皇子ではなくなってしまったことで、この婚約はなかったことになってしまう。

だから、僕にできることは……リズとこれからも一緒にいるためには、こうするしかないんだ。

「お父様！　お願いします！　私はルディ様のお傍にずっといたい！　ルディ様が第四皇子ではなくなったとか、そのようなことはどうでもいい！　ただ……ただ、愛《いと》しいルディ様と永遠に添い遂げたいのです……っ」

僕の隣で、同じように平伏して懇願するリズ。

僕は、本当に恵まれている。

何もなくなったこんな僕のために、リズのような女性《ひと》がここまでしてくれる。

こんなにも素敵な女性《ひと》が、こんなにも僕のことを想ってくれるのだから。

僕は……暴君ルドルフに転生して、本当によかった……。

すると。

「クク……つまりは、殿下がファールクランツ家を継ぐのに、何の障害もなくなったということ。まさに重畳《ちょうじょう》ですな」

「あ……ファ、ファールクランツ閣下……っ！」

僕とリズの頭を、ごつごつとした大きな手で少し乱暴に撫《な》でるファールクランツ侯爵。

顔を上げると、侯爵は不器用な、だけどすごく嬉しそうな、そんな笑顔を浮かべていた。

「ありがとうございます！　僕は……僕は、絶対に閣下の期待を裏切らないように、精一杯頑張ります！」

「お父様！　ありがとうございます！」

僕は再び頭を下げ、地面に額をこすりつける。

喜びの涙で濡れた顔を、隠すように。

「さて……では、早く治療をせねばな。私の後継者……いや、可愛《かわい》い息子ルドルフを、このまま捨て置くわけにはいくまい」

「あ……え、えへへ……」

いつもの『殿下』なんてよそよそしい敬称をつけずに、ただ『ルドルフ』と呼んでもらえたことが嬉しい僕は、幼い頃と同じように笑った。

すると。

「ふふ……ふふふふふ……いつもの凛々《りり》しいルディ様も素敵ですけど、今のような笑顔のルディ様も、愛らしくてとても素敵です！　もう我慢できません！」

「わ!?　えへへ……」

顔を紅潮させたリズが、僕を思いきり抱きしめる。

ちょっとまたリズが暴走してしまったけど……でも、リズの温《ぬく》もりがとても心地よくて、また僕は、幸せすぎて笑っちゃった。


ヴァンダでの事後処理を終え、僕達はいよいよ帝都へと帰る。

ファールクランツ侯爵が調べたところによると、ヴァンダを守備していた兵士は大半がルージア人だった。

捕虜にした兵にも確認したので、間違いないとのことだ。

また、やはりヴィルヘルムは思ったとおり策を練っていたらしく、ファールクランツ軍がヴァンダを攻めあぐねている隙に、国境に待機させていたルージア軍二万をもって背後から挟撃するつもりだったらしい。

地下通路から侵入して、短期決戦で一気に攻略しなかったら、僕達は危ういところだったわけだ。

それと……要塞内に、スヴァリエ公爵と思われる遺体もあったそうだ。

ただ、死亡してからかなり経っているようで、既にミイラ化していたらしい。きっとヴィルヘルムが殺したのだろう。

このことを教えてもらった時、リズもマーヤも、ファールクランツ侯爵でさえ僕を気遣ってくれたけど、正直言って僕は特別な感情を抱くこともなかった。

だって、僕はスヴァリエ公爵に一度も会ったことがないんだよ？

いくら実の父親だからって、そんなことを言われてもっていうのが僕の感想だった。

それにしても。

「いててて……もう少しゆっくり走ってほしいなあ……」

「ルディ様、こればかりは仕方ありません。これに懲りたら、次からは絶対に怪我を負ったりしないでくださいませ」

「あ、あははー……」

馬車の中、膝枕をしてくれているリズに手厳しいことを言われ、僕は苦笑するしかない。

それに、こんなことを言いながらも、マーヤに目で合図して馬車のスピードを緩めてくれるんだから、結局優しいよね。可愛い。

「はあああ！　馬車の中でルドルフ殿下を介抱するリズベット様、素敵です！　至高です！　バゲットおかわり！」

並走する馬車の車窓からシーラがこちらを覗《のぞ》き込み、部下からバゲットを受け取って丸かじりしている。というか、まだバゲットのストックがあったことに驚きだよ。

「帝都に戻ったら色々と大変、ですね……」

「そうですか？　僕は、すぐに決着がつくと考えていますが……」

少し悲しそうに目を伏せるリズに、僕は軽い気持ちで応えた。

確かにスヴァリエ公爵との関係などを色々と追及され、皇宮から追い出されることになるんだろうけど、言い換えれば晴れてファールクランツ家の一員になれるってことだからね。逆に待ち遠しくて仕方ないんだけど。

「ですが……あなた様の、その、母君が……」

「僕はあの人を母親だと思っていません」

リズは気遣ってくれたけど、前世の記憶を取り戻した時から、ベアトリスに対し母親という感情は持ち合わせていない。

ただ……思うところがあるとすれば、ベアトリスよりも母親のような優しさを見せてくれた、アリシア皇妃に対しての申し訳なさだけだ。

「いずれにせよ、これでルドルフ派閥もなくなりましたし、皇室のごたごたを片づけたら、約束どおり帝都散策を……」

「その前に、左肩が完治してからです」

「あ、あははー……」

リズに指摘され、僕はまた苦笑した。

「ドグラス＝ファールクランツ、ただ今帰還いたしました」

黄道宮の謁見《えっけん》の間。ファールクランツ侯爵と僕、それにリズは、皇帝の前で跪《ひざまず》き、首《こうべ》を垂れる。

帝都に到着するなり、僕達は真っ先に皇宮へと向かった。もちろん、全てを報告するために。

なお、リズは僕を支えるために付き添ってくれた。

残念ながらこの怪我では、まともに振る舞うことはできないから。

……いや、違うか。

リズは僕が悲しまないように、寄り添ってくれているんだ。

「うむ、ご苦労だった」

「ファールクランツ卿、それにルドルフ殿下、リズベット……本当に、お疲れさまでした」

皇帝と隣に座るアリシア皇妃が、労《ねぎら》いの言葉をかけてくれた。

だけど、二人の表情はまるで違うけどね。

心から労ってくれていることが分かるアリシア皇妃に比べ、皇帝は僕を睨みつけていた。

この男にとって、僕が生きていることがこの上なく気に入らないのだろう。

今ならスヴァリエ公爵の反乱について報告した時に見せた、皇帝のあの表情の意味がよく分かる。

だって僕は、皇帝の愛人が他の男との間に作った、郭公だったのだから。

ちなみにもう一人の皇妃であるオスカルの母のカタリナ皇妃は、興味なさそうにあくびをした。

かなりの大事だというのに、この態度……ある意味、大物なのかもしれない。

そして。

「…………………………」

「…………………………」

無言で並んで立つ、フレドリクとオスカル。

ただ、その視線は僕の左肩へと向けられており、どこか心配してくれているようにも窺《うかが》えた。

「では、反逆者ヨーラン＝フォン＝スヴァリエがどうなったか、報告せよ」

「はっ」

ファールクランツ侯爵は、事の顛末《てんまつ》について全て報告した。

もちろん、僕がスヴァリエ公爵の子供であることも。

「……以上となります」

「そんな……」

報告を聞き終え、アリシア皇妃が絶句する。

当然だ。まさか僕が皇帝の実の子ではないとは、思ってもみなかったのだろうから。

僕だってこの話をヴィルヘルムから聞かされた時は、かなり驚いたし。何なら思わず叫んだし。

ただ、僕の場合は誰が僕の父親なのかなんて、興味がなかったから。

僕が父親のように慕っているのは、ファールクランツ侯爵だけなのだから。

「……では、ヨーランに加担していたベアトリスは極刑。その息子であるルドルフも、連座して同じく極刑だ」

「「っ!?」」

アリシア皇妃が、フレドリクが、オスカルが、皇帝の言葉にさらに声を失った。

……皇帝がこんなことを言い出すことは、僕、リズ、ファールクランツ侯爵は予想していた。

だから。

「お待ちください。此度《こたび》のスヴァリエ公爵の反乱鎮圧において、最も功績を上げたのはルドルフ殿下にございます。そのような処分をされては、全てを見ていた一万の兵達が黙っていないでしょう」

ファールクランツ侯爵は、『もちろん、この私も』という一言を付け加え、皇帝を牽制《けんせい》する。

つまり、ここで僕を処分しようものなら、明確に皇帝の敵になると告げたのだ。

帝国軍のトップが敵に回る……すなわち、帝国の崩壊を意味することになる。

いくら皇帝でも、そのことくらいは理解できるだろう。

「ぬう……っ！　〝黒曜の戦鬼〟ともあろう者が、このような屑《くず》に情が移ったか！」

皇帝は怒りに任せ、立ち上がって僕を指差しながら責め立てた。

だけど……はは、今の台詞《せりふ》ではっきりした。

やっぱり皇帝は、この僕がスヴァリエ公爵の子供であることを最初から知っていたんだ。

そう考えれば、これまでのことが全て理解できる。

どうして僕がロビンに酷い目に遭わされていても、使用人達から蔑《さげす》まれていても、見逃され続けていたのかを。

最初は僕が婚外子でベアトリスが無理やり皇位継承権なんかをねだったせいで、皇宮内に溜《た》まった不平不満を解消するため……そう思っていた。

皇帝という立場だから、それも仕方ないのだと。

だけど、分かってしまったらなんてことはない。

要はこの皇帝が、スヴァリエ公爵に嫉妬していただけなんだ。

愛人が実は下に見ていた男と繋《つな》がっていて、皇帝である自分がスヴァリエ公爵に男として負けたことに。

ファールクランツ侯爵やリズも、そのことに気づいたようで。

「……ほう？　では陛下は、屑と罵《ののし》るような者を、私の愛娘《まなむすめ》の婚約者としてあてがったということでしょうか」

「ぐ……」

反論できず、皇帝が唇を噛む。

おそらく、僕をリズの婚約者として打診したのにも理由があったのだろう。

普通なら軍事力トップの貴族家を皇族に引き入れるのだから、もっともらしい理由になるのだろうけど、こうなると絶対に別の理由からだ。

「ひょっとして……ファールクランツ閣下とスヴァリエ公爵を、衝突させたかった……？」

僕は、わざと呟《つぶや》いてみた。

あるいはスヴァリエ公爵との関係を持たせることで、帝国内で力を持つファールクランツ侯爵を連座して断罪し、排除したかったという思惑もあったのかもしれない。

さらに深読みすれば、婚約の時点で既にリズと恋仲だと思われていたヴィルヘルムに横槍《よこやり》を入れることで、ファールクランツ家の軍事力が欲しかったスヴァリエ公爵を牽制していたということも。

いずれにせよ、この男はそこまで考えていたのか。

本当に、嫉妬というのは怖いものだなあ……。

すると。

「……どちらにしても、スヴァリエ公爵に加担し、皇室に混乱を招いたベアトリスは死刑。ルドルフ殿下……いえ、ルドルフ公子と言ったほうがいいかしら。彼は身分の剥奪《はくだつ》と皇宮からの追放が適当かと」

今までつまらなそうにしていたはずのカタリナ皇妃が、にこやかな表情でそう告げた。

しかも、僕達が望む最高の答えを。

「待ちなさい、カタリナ。それだと、他の貴族や国民にはどのように説明するのです。まさかとは思いますが、『第四皇子が、実は皇帝陛下の愛人とスヴァリエ公爵との間にできた子供でした』なんて言えませんわよね？」

アリシア皇妃が、扇で口元を隠しながら、これ見よがしに尋ねる。

でも、目元が笑っているところを見ると、あえてカタリナ皇妃の口車に乗ったみたいだ。

「それは困りました……そんなことが公に出てしまえば、それこそ皇室の恥。偉大なる皇帝陛下のお名前に、傷がついてしまいますわ……」

カタリナ皇妃が、頬《ほお》に手を当てながら困った表情を浮かべた。

うわあ……アリシア皇妃と違い、カタリナ皇妃はおっとりとした印象を持っていたけど、なかなかどうして、腹黒いなあ。

「陛下、いかがいたしますか？」

「このままでは、国中に示しがつきません」

「ぬううう……っ」

このように責め立てられては、皇帝も唸るしかない。

しかも二人の皇妃の視線……リズの絶対零度の視線のさらに上をいっている。

それだけ二人とも、皇帝に対する怒りや鬱憤《うっぷん》が溜まっていたということだ。

いつからベアトリスとスヴァリエ公爵の関係、僕の背景について気づいていたのか知らないけど、おそらくはベアトリスに、より絶望を与えるために、皇帝はわざと愛人関係を続けていたのだろう。

逆にそれが、二人の皇妃をここまで怒らせる結果になった。

いずれにせよ皇帝の嫉妬が全てを拗《こじ》らせ、スヴァリエ公爵に夢を見せ続けたのだから、今回の一連の事件については皇帝の自業自得ということだろう。

……そのおかげで、僕が今もこうして生き永らえているのだから、皮肉でしかない。

「……やはり落としどころとしては、リズベット嬢との婚約を受け、ルドルフはファールクランツ家が正式に養子として迎え入れることとし、それに伴い皇位継承権の取り下げ、というところが妥当ではないでしょうか」

「こればかりは兄上の言うとおりかと。これならば、他の貴族や国民に対しても説明がつきますし、最も穏便に事を済ませることができます」

皇帝と皇妃達の仲裁に入る形で、フレドリクが提案し、オスカルが相槌を打つ。

「これは、フレドリクの提案どおりにするしかないのでは？」

「私もそう思いますわ」

「……あとは任せる」

力なく立ち上がった皇帝は、そう言い残して謁見の間から去っていった。

皇帝も、こうするほかないと考えたのだろう。

もしこれで二人の皇妃と二人の兄が僕の味方についてくれなければ、おそらく皇帝は病死扱いで僕を消したに違いない。

結局のところ皇帝が全てを見誤り、自分以外の全ての皇族を敵に回したおかげか。

「はあああ……」

薄氷を踏むようにかろうじて命を繋ぎ止め、僕は深く息を吐いた。

正直、今回のことは賭けだったからね……。

事前の打ち合わせでは、ファールクランツ侯爵もアリシア皇妃も、『絶対にルドルフ殿下を守る』と言ってはくれたけど、そのせいで二人の立場が危うくなるのも嫌だったし……って。

「ルディ様……よかった……よかった……っ」

僕の腕をつかむリズが、ぽろぽろと涙を零す。

ああ……リズも、不安だったよね。

「はい……僕は皆様のおかげで、これからも君の傍にいることができます」

リズを抱き寄せ、艶《つや》やかな黒髪を撫でた。

僕のために泣いてくれる、優しい婚約者の温もりを感じながら。

「ですが、まさかカタリナ妃殿下にもお力添えをいただけるとは思いませんでした」

「ウフフ、私もアリシア様からこのお話をお伺いした時には驚きましたけど、陛下を懲らしめる、せっかくの機会ですし。それに私としても、ファールクランツ家を継ぐルドルフ公子とは懇意にしたいですから。……私のせいで、オスカルを苦しめてしまったこともありますので」

「は、母上!?」

そう言って、カタリナ皇妃が少し寂しく微笑む。

オスカルは自分だけが黒い瞳のため、ずっと皇族特有である琥珀色の瞳に憎悪を抱いていた。

カタリナ皇妃は、ずっとそのことがオスカルを苦しめていたことを気に病んでいたんだ。

「あはは……血の繋がりこそなくなってしまいましたが、それでも……オスカル兄上は、僕の兄上です。僕にできることなら、これからもずっと兄上のことを支えたいと……」

「待て。それでは私のことはどうするのだ？」

「え……？」

あからさまに不機嫌な表情を見せるフレドリク。

え、えーと……ひょっとしてこれ、嫉妬してる？

「困りますね兄上。ルドルフにはこれからも僕の右腕として頑張ってもらわないといけないんですから」

「何を言う。ルドルフはこの私と共に、帝国を盛り立ててもらわなければならないのだぞ？」

「ルドルフ、もちろん僕を選ぶよね？」

「ルドルフ、私を支えるのはお前しかいない」

「え、ええー……」

面倒くさい。非常に面倒くさい。

というか、どうして僕がどちらかを選ばなければいけないというのか。

「ハア……僕にとってはお二人とも大事な兄上なんですから、どちらかを依怙贔屓《えこひいき》したりはしませんよ。それに……今のお二人なら、どちらが皇帝になられてもきっとこの帝国を今よりずっと良い国にしてくださると思いますし」

本当の姿を見せるようになったフレドリクと、こうして歩み寄ることができたオスカル。きっと二人なら、『ヴィルヘルム戦記』のような末路を迎えることはない。

何より、僕は暴君ではないからね。

「むう……仕方ないな」

「ハア……上手く言いくるめられた気がするけどね」

唸るフレドリクと溜息《ためいき》を吐《つ》くオスカルが顔を見合わせ、苦笑する。

うん、これなら絶対に大丈夫だね。

「とにかく、これで全て片付いた。皇帝陛下の気が変わらないうちに、我々は皇宮から立ち去るとしよう」

ファールクランツ侯爵が、ポン、と僕の背中を叩いた。

そうか……僕は、ようやくこの皇宮から……僕を縛りつけていた牢獄《ろうごく》から、抜け出すことができるんだ……。

でも。

「その前に……寄りたいところがあるんです」

「寄りたいところ、ですか……？」

「はい」

おずおずと尋ねるリズに、僕は頷いた。

そして。

「母上……」

「っ！　ルドルフ……ッ！」

皇宮の地下牢へやって来た僕は、鉄格子の向こうにいるベアトリスと相対した。

ここには僕だけでなく、リズとファールクランツ侯爵、それにアリシア皇妃達もいる。

一方のベアトリスは、とても母親が実の息子に向けるものとは思えないような、そんな視線を向けてきた。

こんな姿を見れば、本当は会うべきじゃなかったのかもしれないと思う。

でも……僕が新しい人生を歩んでいくために、必要だから。

前世の記憶を取り戻す前の、恋い焦がれていた母親と決別するために。

「母上、あなたの口から教えてください。僕の本当の父親は、スヴァリエ公爵なのですか……？」

既に出ている答えを、僕はあえて尋ねた。

別に僕はあんな皇帝の血統なんて欲しくはないし、スヴァリエ公爵が父親だと言われてもそんな実感は皆無だけど。

「……ええそうよ。オマエは、あの御方の子供よ」

「では僕を身籠《みごも》ってから皇帝陛下に近づいて愛人になり、産んだということですか？　陛下の息子として」

「そうよ、そうよ」

もうやけになっているのか、ベアトリスは吐き捨てるように肯定の言葉を繰り返すのみ。

「あなたはなぜ、こんなことをしたんですか？　どうしてスヴァリエ公爵に加担したんですか？」

「決まってるじゃない。あの御方に、迎えに来てもらうためよ。私を皇妃として」

「っ!?」

突然、ニタア、と口の端を吊り上げたベアトリスに、僕は思わずたじろいでしまった。

「あの御方は……ヨーラン様はおっしゃったの。私を皇妃に……妻にしてくださると。あの薄汚い女がいない今、ヨーラン様の寵愛《ちょうあい》を受けるのは私だけだもの」

ベアトリスの言う『薄汚い女』というのは、おそらくスヴァリエ公爵の正妻……つまり、ヴィルヘルムの母親を指しているのだろう。

「ですが、そんな上手くいくと思いますか？　自分の野望のために利用し、皇帝陛下に愛人としてあてがった者を、果たして皇妃として迎え入れていたでしょうか」

「…………………」

僕はベアトリスに現実を教えるため、あえて問いかけた。

だけど、この女も本当は理解しているのだろう。何も答えず、ただ唇を噛んでいる。

「いずれにせよ、あなたは利用されたんです。そしてスヴァリエ公爵の野望は潰《つい》え、実の息子の手によって無様に殺された」

「っ!?　オマエが……オマエがヨーラン様を殺したのかッッッ！　このケダモノ！　人殺し！　鬼！　悪魔！」

ベアトリスが勢いよく立ち上がり、鉄格子の隙間から僕に向けて手を伸ばした。

憎悪の視線を向け、怨嗟《えんさ》の言葉を吐いて。

「死ね！　死ね！　ヨーラン様じゃなく、オマエが死ね！　オマエなんか……オマエなんか、生まれてこなければよかったのよ！」

とめどなく吐き出される、ベアトリスの僕への罵詈雑言《ばりぞうごん》。

僕はただ、それを黙って受け続けている……って。

「リズ……？」

「あえて、ベアトリス、と呼び捨てにさせていただきます。まず、あなたに心から感謝の言葉を。ルディ様をお産みいただき、本当にありがとうございました」

そう言うと、リズは深々とお辞儀をした。

先ほどから散々『死ね』と叫ぶベアトリスに対し、これ以上の皮肉はないかもしれない。

「ア、アンタ……ッ！」

「私はルディ様と出逢えたことで、至上の喜びと幸福を手に入れることができました。これらは全て、あなたがスヴァリエ公爵の陰謀に加担し、皇帝陛下を誘惑して愛人に収まったおかげです」

ベアトリスの言葉を遮るようにリズは胸にそっと手を当て、微笑みさえ浮かべて感謝と皮肉の言葉を次々と述べていく。

アクアマリンの瞳に、怒りと侮蔑《ぶべつ》を滲《にじ》ませて。

「不安でしょうけど、ご安心ください。ルディ様はこれから私と一緒に幸せな日々を過ごします。なのであなたはどうか、絶望と苦しみを味わってこの世界から消えてくださいませ」

「あ……う……」

あまりにも冷たい言葉の数々に、さしものベアトリスも言葉を失ってしまった。

「ウフフ、任せてちょうだいな。ベアトリスには、それはもう素晴らしい苦痛を味わわせて差し上げるわ。これから何日、何か月、何年と」

「ヒッ!?」

アリシア皇妃の仄暗《ほのぐら》い笑みに、ベアトリスが軽く悲鳴を上げる。

ひょっとしたら、ようやく自分の置かれた状況を理解したのかもしれない。

それに、ベアトリスに対して最も憎悪を抱いていたのは、僕ではなくアリシア皇妃だ。

ならこの女の生殺与奪は、アリシア皇妃の手に委ねるのが正解だろう。

「ね、ねえ!　ルドルフ……私達、親子よね……？」

鉄格子にしがみつき、微笑みを引きつらせてそんなことを宣《のたま》うベアトリス。

でも、残念ながら親子の絆はもうないんだ。

あなたが、自ら手放してしまったから。

「失礼します」

「っ!? 待って！ お願い待ってちょうだい！ ルドルフ！ ルドルフウウウウウウウウッッッ！」

踵《きびす》を返し、地下牢を後にする僕の後ろで、ベアトリスの悲痛な叫びがこだました。

⚜偽書・ヴィルヘルム戦記 ——飛躍の章—— 激変

■リズベット＝ファールクランツ視点

「リズベット、もう一度言う。ルドルフには絶対に近づくな」

「…………………………」

帝立学園に入学して約半年、とうとう見かねたヴィルヘルム様が私を呼び出し、そんなことをおっしゃいました。

私とルドルフ殿下の関係はずっと変わらず、ただ教室で隣同士に座っているだけだというのに、この御方は何を危惧されているのでしょうか。

自分だって、他の令嬢とご一緒されてばかりだというのに。

「……ヴィルヘルム様。ご用件はそれだけでしょうか」

「っ！ ……リズベット、俺は君のことが誰よりも大切で、心配なんだ。だからどうか、俺の言うことを聞いてくれ」

一瞬怒りを滲《にじ》ませた表情を浮かべられましたが、すぐに私を気遣うような素振りを見せる。

最近はますます裏の顔を隠そうともされなくなったような気がします。

「いずれにしましても、私はご学友と一緒に勉学に励んでいるだけ。それに教室以外であの御方と言葉を交わすことすらしておりません。あなた様に注意を受ける筋合いはないと思いますが」

「な……っ」

いつから私は、ヴィルヘルム様に対してこんな物言いをするようになったのでしょうか。

ですが、この御方を知れば知るほど心が離れていくのが分かります。

「……そうですね。あの日お渡ししたものが何なのか、答えてくだされればルドルフ殿下と関わらないようにいたします」

「…………………」

「では、失礼します」

私はカーテシーをし、無言のヴィルヘルム様を置き去りにして寮へと戻りました。

「リズベット様、今日はお戻りが遅かったですね」

「ええ……ちょっとヴィルヘルム様に呼び止められてしまって……」

「……何度も申し上げますが、私は反対です。リズベット様の想い人だということは分かりますが、それすらも捏造《ねつぞう》ではないかと思うほど、あの男は信用なりません」

「……言わないでちょうだい」

そんなことは、この私が一番よく分かっている。

あの琥珀《こはく》色の瞳は確かにあの日のあの御方と同じだけど、残念ながらヴィルヘルム様からは何の誠実さも感じられない。

それなら、ルドルフ殿下のほうが……。

「ハア……話は変わりますが、ルドルフ殿下と接触なさるのもいただけません。ただでさえ婚外子の第四皇子ですし、人間性も最悪。きっとリズベット様によからぬことが……」

「マーヤ！　いい加減になさい！」

「っ!?　も、申し訳ございません！」

気づけば私は、怒りに任せてマーヤを怒鳴っていました。

さすがのマーヤもこれはまずいと感じたのか、すぐに謝罪します。

ヴィルヘルム様を悪《あ》し様《ざま》に言われても特に何も感じないのに、どうして私は、ルドルフ殿下のことになるとむきになってしまうのでしょうか……。

その理由も分からず、私は。

「……今日はもう休むわ」

「はい……」

自分の中に湧く感情の意味が理解できず、一人部屋に引きこもりました。

「ふう……」

マーヤを怒鳴ってしまった翌日、私は大きく息を吐き、教室へと向かいます。

思えばマーヤは私を心配してくれたというのに、どうしてあんなことを言ってしまったのでしょうか……。

自己嫌悪に陥り、私が肩を落としていると。

「フン！　この〝穢《けが》れた豚〟の分際で！」

「ぐ……っ」

ロビン殿下と取り巻きの生徒から暴行を受けているルドルフ殿下の姿がありました。

その背景から三人の皇子殿下から疎まれているルドルフ殿下。特にロビン殿下は、執拗《しつよう》にあの御方をいじめておられます。

おそらく、その心根は優れた兄二人への劣等感から、自分よりも下の人間を苦しめることでちっぽけな自尊心を保とうとしているのでしょう。

あの日もそうでしたが、本当に最低の屑《くず》です。

「ロビン殿下、いい加減にされてはいかがでしょうか」

「っ!?　き、貴様は……」

どういうことでしょう……私を見て、目を丸くされておられます。

心なしか、頬《ほお》も赤いような……。

「フ、フン！　女に助けられるとは、情けない奴だ！　きょ、今日のところはこれで許してやる！　行くぞ！」

「「は、はい！」」

顔を青くした取り巻き達が、ロビン殿下の後に続きこの場を去ります。

ルドルフ殿下に手を出し、この後の報復を恐れているのでしょう。

「ルドルフ殿下、大丈夫……っ!?」

「触るな」

手を貸そうとした私の手を、ルドルフ殿下が払いのけます……が、その程度で引き下がる私ではありません。

「き、聞いているのか！　僕は触るなと……」

「ええ、手当てが終わりましたら触りませんから」

私はハンカチを取り出し、ルドルフ殿下の傷口を拭《ぬぐ》います。

本当に、酷《ひど》いことを……。

「……何なんだ、貴様は」

「はい……？」

「なんでこの僕に構う！　貴様も知っているだろう！　僕は〝穢れた豚〟の第四皇子、ルドルフだ！　僕なんかに関わったら、貴様だってどんな目に遭うか分からないんだぞ！」

「ですが、少なくともルドルフ殿下から酷い目に遭わされることはありませんが」

「う……」

ええ、分かっております。ルドルフ殿下が、この私に酷いことをするはずがない。

今もまるで自分が酷い目に遭わせるというような口振りのようにも聞こえますが、その意味を理解すれば『自分に関われば、仲間とみなされてとばっちりを受けるかもしれない』と警告されたのです。

本当に、こんな目に遭わされたというのに、私の心配などされて……。

まるで、あの日のあの御方のようです。

「……傷の手当ては終わりました。応急処置ですので、ちゃんとお医者様に診てもらってください」

ハンカチで傷口を押さえ、私はルドルフ殿下を介助して立ち上がらせます。

骨には異常がないようですので大丈夫だとは思いますが、それでも頭も怪我《けが》をされておられますので心配は心配ですね……。

「……どうして」

「？」

「どうして貴様は、こんな僕に優しくする。どうして貴様は、こんな余計な真似をするんだ」

うつむき、絞り出すような声で尋ねるルドルフ殿下。

どうしてこんなことをするのか、ですか。

「ふふ……実は私、幼い頃に助けてくださった御方がいるんです」

なぜか私は、ルドルフ殿下にあの日のことを話していました。

あの日、迷子の私をジャスミンの咲き乱れる庭園に連れていってくださって、ロビン殿下から護《まも》ってくださった、あの御方との思い出を。

「だから私は、あの御方のように強くなりたいと願ったのです。皇子殿下であっても関係ない、そんな自分自身の強さを」

「…………………」

ルドルフ殿下はポケットに手を入れ、唇を噛《か》んでおられます。

私の話に、何か逆鱗《げきりん》に触れるようなことがあったのでしょうか……。

「……貴様は馬鹿だ。そんな昔のことを今も引きずって、よりによってロビン兄上に逆らったのだからな」

「ふふ、そうかもしれません」

ルドルフ殿下の言葉に、私は苦笑する。

でも、この力はあの日のあの御方を、まさしくロビン殿下であっても守り抜くための力。むしろこのように使うことができて本望です。

「礼は言わない。だけど……心配いらない」

「？　はい……」

それだけを言い残すと、ルドルフ殿下はどこかへ行ってしまわれました。

でも……その日から一か月、ルドルフ殿下は学園から姿を消してしまうのです。


そして。

――ロビン殿下暗殺という、帝国を揺るがす大事件が起こりました。

終章　僕だけの歴史

「ルドルフ殿下。最後なのですから、もっとちゃんと身だしなみを整えませんと」

鏡に向かって着替えていると、マーヤが呆《あき》れた表情を浮かべ、ふう、と息を吐いた。

ええー……僕、いつもどおりなんだけど。ちょっと理不尽。

「ハア……分かったよ。それより、また『殿下』って呼んでるよ」

「あ……失礼しました、ルディ様」

マーヤが舌を出し、おどけてみせる。

専属侍女にそんなあざとさは求めてないから、普通にしてくれないかな。

すると。


――コン、コン。


「ルディ様。そろそろお時間ですが、支度は整いましたか？」

瞳と同じ淡い青色のドレスを身にまとったリズが、おずおずと部屋に入ってきた。

あまりの綺麗《きれい》さに見惚《みと》れてしまい、息をすることも忘れてしまいそうになるよ……って。

「リズベット様、聞いてください。ルドルフ様ときたら……」

おのれマーヤめ、リズに告げ口するつもりか。

でも、ちゃんと『ルディ様』から『ルドルフ様』と呼び方を使い分けるところ、さすがはマーヤと言ったところか。リズが聞いたら絶対に大変なことになるから、当然といえば当然なんだけど。

「いやいや、マーヤがこだわりすぎなんだって」

「いいえ、ルドルフ様が」

僕とマーヤは、争うようにリズに訴える。

お互い、遅れてしまった言い訳に必死なのだ。

「ふふ、まだなのでしたら、私はこちらの服があなた様にとてもお似合いになるかと思います」

「それにしましょう。マーヤ、頼む」

「お任せください！」

リズの鶴の一声で、僕とマーヤはテキパキと着替えを済ませた。

あ、もちろんリズには後ろを向いてもらったとも。恥ずかしいし。

「その……いかがでしょうか？」

「ルディ様、素晴らしいの一言に尽きます。素敵です。最高です。絶対無敵です」

「わっ!?」

ううむ、リズに抱きしめられてしまった。嬉《うれ》しい。

というかヴィルヘルムとの戦い以降、こうやってやたらとリズのスキンシップが多くなったような気がする。

ただ、最近はリズのほうがほんの僅《わず》かに身長が高くなったので、弟のようにあやされているみたいな感覚がほんのちょっとだけ無きにしもあらず。

い、言っておくけど、ほんのちょっとだけだからね。ほんの一、二センチだけだよ。本当だよ。

「で、では、まいりましょうか」

「はい！」

僕はリズの手を取り、玄関へと向かうと。

「ルドルフ殿下」

「ルドルフ公子」

「「ルドルフ」」

アリシア皇妃、カタリナ皇妃、それにフレドリクとオスカルが待ち構えていた。

そう……僕はいよいよこの皇宮から……天蝎宮《てんかつきゅう》から出ていくんだ。

十五年間過ごしてきたここを離れるんだから、嫌な思い出ばかりだったけど、寂しくもある。

何より……あの日リズと初めて出逢《であ》った、大切な場所もあるから。

なお、当然ながら皇帝はこの場にはいない。

本当は侯爵と一緒にすぐにでもファールクランツ家に行くべきだったんだけど、僕だけでなく一年間皇宮で一緒に過ごしてきたリズの支度などもあり、最後の後始末をしていたのだ。

「ルドルフ殿下……寂しくなるわね」

「アリシア妃殿下、僕はもう皇子ではありません。ですので、ただ〝ルドルフ〟とお呼びください」

「そ、そう？　なら……ルドルフ」

アリシア皇妃が、少し恥ずかしそうにしながら僕の名前を呼んだ。

何というか、可愛《かわい》らしい女性《ひと》だなあ。

「カタリナ妃殿下も、僕はスヴァリエ家とは縁もゆかりもないわけですから、『公子』は不要です」

「ウフフ、そうね。ルドルフ」

こちらは、淀《よど》みなく僕の名前を呼ぶ。

うーん……やっぱり皇宮内で一番したたかなのは、カタリナ皇妃ではなかろうか。

「ルドルフ。私は、これからもお前を頼りにしているぞ」

「待ってくださいフレドリク兄上。ルドルフはこの僕と一緒に生徒会共々この国を盛り立てていくんです。勝手に頼りにされては困りますね」

「む……何を言うか。ルドルフはこの私と……」

「二人とも、いい加減喧嘩《けんか》はやめましょうね！」

一触即発になる二人に慌てて割って入り、仲裁する。

今までなら皇位継承争いでそれこそ殺伐としていたけど、今度は僕が理由ですか……。

「ルドルフ様、そろそろ……」

「あ、うん。皆様、お見送りいただきありがとうございます。その……また、遊びに来てもいいですか？」

「っ！　もちろんよ！　いつでもいらっしゃい！」

僕の言葉に、アリシア皇妃がパアア、と笑顔を見せた。やっぱり実の母親のベアトリスとは大違いだよ。

でもその笑顔の裏側で、これからベアトリスに苦痛を与え続けるのか。

生かさず、殺さず。

「では、ありがとうございました！」

「ありがとうございました」

四人に見送られ、僕達は皇宮を後にした。

「ふふ……色々、ありましたね……」

「はい。色々ありました……」

馬車の中、僕とリズは隣同士に座り、微笑《ほほえ》み合う。

一年半前、毒殺されかけて生死を彷徨《さまよ》い目覚めた時、ただの村人だった前世の記憶を取り戻した。

あの、『ヴィルヘルム戦記』の全てとともに。

暴君としての歴史を変えようと、足掻《あが》いて、もがいて、その中でかけがえのない女性《ひと》と再び出逢えて、結ばれて。

そして、英雄ヴィルヘルム＝フォン＝スヴァリエとの戦いを経て、本来歩むべきルドルフの人生を取り戻したんだ。

「あ、お父様とお母様がいらっしゃいますね」

「あはは、本当ですね」

車窓から見える屋敷の玄関には、腕組みをするファールクランツ侯爵とにこやかに手を振るテレサ夫人……いや、これからは義父上《ちちうえ》と義母上《ははうえ》だったね。二人が僕達の到着を待ちわびていた。

「ルディ様……私は、世界一幸せです、だって、愛するあなた様とご一緒になれるのですから」

「僕もです。世界一素敵なリズと一緒になれて、こんなに素晴らしい家族まで……」

今まで家族なんてなかった僕にできた、新しい家族。

皇帝が僕の存在を排除しようと考えている以上、これからも危険が付きまとうことは間違いない。

それにヴィルヘルムと繋《つな》がっていたルージア皇国も、『ヴィルヘルム戦記』どおりなら虎視《こし》眈々《たんたん》とバルディック帝国を狙っているはずだ。

だけど僕は、絶対に僕だけの幸せな歴史を築いてみせる。

世界一大好きなリズとの、幸せな歴史を。

「うむ、待っていたぞ」

「うふふ、ようこそファールクランツ家へ」

「よろしくお願いします。義父上、義母上」

僕はルドルフ＝ファールクランツ。

——暴君になるはずだった、元第四皇子だ。

時は今より三百年前、バルディック歴一六九年。

西方諸国の列強国の一つ、内乱の危機に瀕《ひん》していたバルディック帝国をまとめ上げ、さらなる脅威に立ち向かう一人の英雄の、輝きの叙事詩。

『真説・ルドルフ戦記　第一章　～飛翔～』

ただの村人の僕が、
三百年前の暴君皇子に転生してしまいました
～前世の知識で暗殺フラグを回避して、穏やかに生き残ります！～

オリジナルカバーイラスト特別公開!!

シーラ

アンネ

MFブックス

ただの村人《むらびと》の僕《ぼく》が、三百年前《さんびゃくねんまえ》の暴君皇子《ぼうくんおうじ》に転生《てんせい》してしまいました ~前世《ぜんせ》の知識《ちしき》で暗殺《あんさつ》フラグを回避《かいひ》して、穏《おだ》やかに生《い》き残《のこ》ります!~ 2

2024年6月25日　初版第一刷発行

著者　サンボン
発行者　山下直久
発行　株式会社KADOKAWA
〒102-8177　東京都千代田区富士見2-13-3
0570-002-301（ナビダイヤル）
印刷・製本　株式会社広済堂ネクスト
ISBN 978-4-04-683715-8 C0093

企画　株式会社フロンティアワークス
担当編集　齊藤かれん（株式会社フロンティアワークス）
ブックデザイン　AFTERGLOW
デザインフォーマット　AFTERGLOW
イラスト　夕子

本書は、カクヨムに掲載された「ただの村人の僕が、三百年前の暴君皇子に転生してしまいました~このままでは強引に妃にする予定の冷酷侯爵令嬢に暗殺される運命なので回避するために奮闘したら、すごく溺愛されました~」を加筆修正したものです。

勇者な嫁と、
村人な俺。
～俺のことが好きすぎる最強嫁と
宿屋を経営しながら
気ままに世界中を旅する話～
池中織奈 illしあびす
「結ばれたその“後”の二人」
「魔王討伐“後”の世界」
――これは、二つの“その後”の物語
歴代最強の美しき勇者ネノフィラー、ただの村人ながら時空魔法を極めたレオニード、そしてやんちゃなドラゴンのメルセディス。これは、そんな三人が魔王討伐後の平和な世界で自由気ままに移動式宿屋を経営する物語。

久々に
健康診断
を受けたら
最強
ステータス
になっていた
〜追放された
オッサン冒険者、
今更英雄を
目指す〜
夜分長文
YABUN NAGAFUMI
原案：はにゅう
HANYU
イラスト：桑島黎音
KUWASHIMA REIN
Story
冒険者カイルは、己の天井知らずの能力成長に、
呪いの類を疑い久々に健康診断を受ける。
だが、カイルの身に起こっていたのは、
一日にちょっとずつステータスが上がる
ユニークスキル【晩成】の覚醒だった！
自分が健康体だと知ったカイルは、
駆け出しの冒険者・エリサとユイのパーティ
『英雄の証』への勧誘を受け入れ、
新たな冒険者ライフを送るが……。
そんな遅咲き＆最強三十路の爽快冒険活劇！
オッサン冒険者、
遅咲きチート【晩成】で
最強になって再起する！
MFブックス新シリーズ発売中!!

AUTHOR
MIYABI
ILLUSTRATOR
ニシカワエイト
ヴィーナスミッション
VENUS MISSION
~元殺し屋で傭兵の中年、
勇者の暗殺を依頼され
異世界転生!~
女神からの依頼は、
勇者32人の暗殺!?
——チート能力で暴走する勇者たちを抹殺せよ。
元殺し屋の男は、女神から「暴走する勇者32人の暗殺」を依頼され異世界に転生する。前世の戦闘技術や魔法を駆使し、暴走する勇者達を殺害していくが、同時に召喚に関する陰謀や女神の思惑にも巻き込まれてしまう——。
MFブックス新シリーズ発売中!!
MFブックス

モブだけど
～ゲーム世界に転生した俺は自由に強さを追い求める～
最強を目指します！
反面教師
illustration 大熊猫介
ゲーム世界に転生したら、まさかの最強基礎能力持ち!?
「モブキャラだからこそ、最強目指せば絶対面白いでしょ!!」
変わらない日々をすごしていたサラリーマンは、前世で愛したゲームの世界でモブキャラ・ヘルメスに転生する。最強に至れる基礎ステータスを手に入れ、ゲーマーの血が燃え上がる!
しがらみのない立場から最強キャラを作るはずだったのに、いつの間にか学園では注目の的に!?
極めたゲーマーの最強キャラ育成譚、開幕!!
MF[redacted]
MFブックス